艾青作品精选

名家作品精选

艾青 著

长江出版传媒　长江文艺出版社

图书在版编目（ＣＩＰ）数据

艾青作品精选 / 艾青著. -- 武汉：长江文艺出版
社， 2019.11
（名家作品精选）
ISBN 978-7-5702-1063-3

Ⅰ．①艾… Ⅱ．①艾… Ⅲ．①中国文学－当代文学－
作品综合集 Ⅳ．①I217.2

中国版本图书馆 CIP 数据核字(2019)第 188638 号

责任编辑：李　艳　　　　　　　责任校对：毛　娟
封面设计：沐希设计　　　　　　责任印制：邱　莉　　胡丽平

出版：长江出版传媒　长江文艺出版社
地址：武汉市雄楚大街 268 号　　　邮编：430070
发行：长江文艺出版社
http://www.cjlap.com
印刷：武汉市新华印刷有限责任公司

开本：640 毫米×970 毫米　　　1/16　　印张：18.75　　插页：1 页
版次：2019 年 11 月第 1 版　　　2019 年 11 月第 1 次印刷
行数：6750 行

定价：30.00 元

目　录

诗　歌

诗　论

散　文

艾　青
作品精选

诗

歌

诗　歌

当黎明穿上了白衣

紫蓝的林子与林子之间
由青灰的山坡到青灰的山坡，
绿的草原，
绿的草原，草原上流着
——新鲜的乳液似的烟……

啊，当黎明穿上了白衣的时候，
田野是多么新鲜！
看，
微黄的灯光，
正在电杆上战栗它的最后的时间。
看！

一九三二年一月二十五日由巴黎到马赛的路上

大堰河——我的保姆

大堰河，是我的保姆。
她的名字就是生她的村庄的名字，
她是童养媳，
大堰河，是我的保姆。

我是地主的儿子；
也是吃了大堰河的奶而长大了的
大堰河的儿子。
大堰河以养育我而养育她的家，
而我，是吃了你的奶而被养育了的，
大堰河啊，我的保姆。

大堰河，今天我看到雪使我想起了你：
你的被雪压着的草盖的坟墓，
你的关闭了的故居檐头的枯死的瓦菲，
你的被典押了的一丈平方的园地，
你的门前的长了青苔的石椅，
大堰河，今天我看到雪使我想起了你。

你用你厚大的手掌把我抱在怀里，抚摸我；

在你搭好了灶火之后，
在你拍去了围裙上的炭灰之后，
在你尝到饭已煮熟了之后，
在你把乌黑的酱碗放到乌黑的桌子上之后，
在你补好了儿子们的为山腰的荆棘扯破的衣服之后，
在你把小儿被柴刀砍伤了的手包好之后，
在你把夫儿们的衬衣上的虱子一颗颗地掐死之后，
在你拿起了今天的第一颗鸡蛋之后，
你用你厚大的手掌把我抱在怀里，抚摸我。

我是地主的儿子，
在我吃光了你大堰河的奶之后，
我被生我的父母领回到自己的家里。
啊，大堰河，你为什么要哭？

我做了生我的父母家里的新客了！
我摸着红漆雕花的家具，
我摸着父母的睡床上金色的花纹，
我呆呆地看着檐头的我不认得的"天伦叙乐"的匾，
我摸着新换上的衣服的丝的和贝壳的纽扣，
我看着母亲怀里的不熟识的妹妹，
我坐着油漆过的安了火钵的炕凳，
我吃着碾了三番的白米的饭，
但，我是这般忸怩不安！因为我
我做了生我的父母家里的新客了。

大堰河，为了生活，
在她流尽了她的乳液之后，

她就开始用抱过我的两臂劳动了，

她含着笑，洗着我们的衣服，

她含着笑，提着菜篮到村边的结冰的池塘去，

她含着笑，切着冰屑窸窣的萝卜，

她含着笑，用手掏着猪吃的麦糟，

她含着笑，扇着炖肉的炉子的火，

她含着笑，背了团箕到广场上去

　　晒好那些大豆和小麦，

大堰河，为了生活，

在她流尽了她的乳液之后，

她就用抱过我的两臂，劳动了。

大堰河，深爱着她的乳儿；

在年节里，为了他，忙着切那冬米的糖，

为了他，常悄悄地走到村边的她的家里去，

为了他，走到她的身边叫一声"妈"，

大堰河，把他画的大红大绿的关云长

　　贴在灶边的墙上，

大堰河，会对她的邻居夸口赞美她的乳儿；

大堰河曾做了一个不能对人说的梦：

在梦里，她吃着她的乳儿的婚酒，

坐在辉煌的结彩的堂上，

而她的娇美的媳妇亲切地叫她"婆婆"

……

大堰河，深爱她的乳儿！

大堰河，在她的梦没有做醒的时候已死了。

她死时，乳儿不在她的旁侧，

她死时，平时打骂她的丈夫也为她流泪，
五个儿子，个个哭得很悲，
她死时，轻轻地呼着她的乳儿的名字，
大堰河，已死了，
她死时，乳儿不在她的旁侧。

大堰河，含泪的去了！
同着四十几年的人世生活的凌侮，
同着数不尽的奴隶的凄苦，
同着四块钱的棺材和几束稻草，
同着几尺长方的埋棺材的土地，
同着一手把的纸钱的灰，
大堰河，她含泪的去了。

这是大堰河所不知道的：
她的醉酒的丈夫已死去，
大儿做了土匪，
第二个死在炮火的烟里，
第三，第四，第五
在师傅和地主的叱骂声里过着日子。
而我，我是在写着给予这不公道的世界的咒语。
当我经了长长的飘泊回到故土时，
在山腰里，田野上，
兄弟们碰见时，是比六七年前更要亲密！
这，这是为你，静静的睡着的大堰河
所不知道的啊！

大堰河，今天，你的乳儿是在狱里，

写着一首呈给你的赞美诗，
呈给你黄土下紫色的灵魂，
呈给你拥抱过我的直伸着的手，
呈给你吻过我的唇，
呈给你泥黑的温柔的脸颜，
呈给你养育了我的乳房，
呈给你的儿子们，我的兄弟们，
呈给大地上一切的，
我的大堰河般的保姆和她们的儿子，
呈给爱我如爱她自己的儿子般的大堰河。

大堰河，
我是吃了你的奶而长大了的
你的儿子，
我敬你
爱你！

一九三三年一月十四日　雪朝

芦 笛

——纪念故诗人阿波里内尔

J'avais un mirliton que je n'aurais pas échangé contre un bâton de maréchal de France.

——G. Apollinaire①

我从你彩色的欧罗巴
带回了一支芦笛，
同着它，
我曾在大西洋边
像在自己家里般走着，
如今
你的诗集"Alcool"② 是在上海的巡捕房里，
我是"犯了罪"的，
在这里
芦笛也是禁物。
我想起那支芦笛啊，
它是我对于欧罗巴的最真挚的回忆，

---

① 当年我有一支芦笛，拿法国大元帅的节杖我也不换。

——阿波里内尔

② Alcool，法文：酒。

阿波里内尔君，
你不仅是个波兰人，
因为你
在我的眼里，
真是一节流传在蒙马特的故事，
那冗长的，
　　惑人的，
由玛格丽特震颤的褪了脂粉的唇边
吐出的堇色的故事。
谁不应该朝向那
白里安和俾士麦的版图
吐上轻蔑的唾液呢——
那在眼角里充溢着贪婪，
卑污的盗贼的欧罗巴！
但是，
我耽爱着你的欧罗巴啊，
波特莱尔和兰布的欧罗巴。
在那里，
我曾饿着肚子
把芦笛自矜地吹，
人们嘲笑我的姿态，
因为那是我的姿态呀！
人们听不惯我的歌，
因为那是我的歌呀！
滚吧
你们这些曾唱了《马赛曲》，
而现在正在淫污着那
光荣的胜利的东西！

今天，

我是在巴士底狱里，

不，不是那巴黎的巴士底狱。

芦笛并不在我的身边，

铁镣也比我的歌声更响，

但我要发誓——对于芦笛，

为了它是在痛苦的被辱着，

我将像一七八九年似的

向灼肉的火焰里伸进我的手去！

在它出来的日子，

将吹送出

对于凌侮过它的世界的

毁灭的咒诅的歌。

而且我要将它高高地举起，

以悲壮的 Hymne①

把它送给海，

送给海的波，

粗野的嘶着的

海的波啊！

一九三三年三月二十八日

---

① Hymne：法语，颂歌。

ORANGE①

圆圆的——燃烧着的
像燃烧的太阳般点亮了
　　圆圆的玻璃窗——
Orange——是我心的比喻
Orange——使我想起了：

一辆公共汽车
　　　　　闪过了
纪念碑
十字街口的广场
公园边上的林荫路，
捧着白铃兰花的少女
　　五月的一个放射着喷水池的
　　翩翩的
放射着爱情的水花的节日……
Orange——像那
整个的机械饮食处里
大麦酒的雪白的泡沫

---

① 橙子。

所反映出的

红色篷帐的欢喜

　　太阳的欢喜……

Orange——

像拉丁女的眼瞳子般无底的

热带的海的蓝色

　　　　　　那上面撩起了

听不清的歌唱

异国人的 Melancholic①

Orange

圆圆的——燃烧着的

Orange

像燃烧着的太阳般点亮了圆圆的

玻璃窗——

Orange

使我想起了：

我的这 Orange 般的地球

和它的另一面的

我的那 Orange 般快乐的姑娘

我们曾在靠近离别的日子

分吃过一个

圆圆的——燃烧着的

Orange

Orange——是我心的比喻

　　　　　　　　一九三三年七月十七日

———————

① 英文，忧郁。

太　阳

从远古的墓茔
从黑暗的年代
从人类死亡之流的那边
震惊沉睡的山脉
若火轮飞旋于沙丘之上
太阳向我滚来……

它以难遮掩的光芒
使生命呼吸
使高树繁枝向它舞蹈
使河流带着狂歌奔向它去

当它来时，我听见
冬蛰的虫蛹转动于地下
群众在旷场上高声说话
城市从远方
用电力与钢铁召唤它

于是我的心胸
被火焰之手撕开

陈腐的灵魂

搁弃在河畔

我乃有对于人类再生之确信

一九三七年春

浪

你也爱那白浪么——
它会啮啃岩石
更会残忍地折断船橹
　　　　　撕碎布帆

没有一刻静止
它自满地谈述着
从古以来的
航行者的悲惨的故事

或许是无理性的
但它是美丽的

而我却爱那白浪
——当它的泡沫溅到我的身上时
我曾起了被爱者的感激

　　　　　　一九三七年五月二日　吴淞炮台湾

笑

我不相信考古学家——

在几千年之后，
在无人迹的海滨，
在曾是繁华过的废墟上
拾得一根枯骨
——我的枯骨时，
他岂能知道这根枯骨
是曾经了二十世纪的烈焰燃烧过的？

又有谁能在地层里
寻得
那些受尽了磨难的
牺牲者的泪珠呢？
那些泪珠
曾被封禁于千重的铁栅，
却只有一枚钥匙
可以打开那些铁栅的门，
而去夺取那钥匙的无数大勇
却都倒毙在

守卫者的刀枪下了

如能捡得那样的一颗泪珠
藏之枕畔，
当比那捞自万丈的海底之贝珠
更晶莹，更晶莹
而彻照万古啊！

我们岂不是
都在自己的年代里
被钉上了十字架么？
而这十字架
决不比拿撒勒人所钉的
较少痛苦。

敌人的手
给我们戴上荆棘的冠冕
从刺破了的惨白的前额
淋下的深红的血点，
也不曾写尽
我们胸中所有的悲愤啊！
诚然
我们不应该有什么奢望，
却只愿有一天
人们想起我们，
像想起远古的那些
和巨兽搏斗过来的祖先，
脸上会浮上一片

安谧而又舒展的笑——
虽然那是太轻松了，
但我却甘愿
为那笑而捐躯！

一九三七年五月八日

黎　明

当我还不曾起身
两眼闭着
听见了鸟鸣
听见了车声的隆隆
听见了汽笛的嘶叫
我知道
你又叩开白日的门扉了……

黎明，
为了你的到来
我愿站在山坡上，
像欢迎
从田野那边疾奔而来的少女，
向你张开两臂——
因为你，
你有她的纯真的微笑，
和那使我迷恋的草野的清芬。

我怀念那：
同着伙伴提了篾篮

到田堤上的豆棚下
采撷豆荚的美好的时刻啊——
我常进到最密的草丛中去，
让露水浸透了我的草鞋，
泥浆也溅满我的裤管，
这是自然给我的抚慰，
我将狂欢而跳跃……

我也记起
在远方的城市里
在浓雾蒙住建筑物的每个早晨，
我常爱在街上无目的地奔走，
为的是
你带给我以自由的愉悦，
和工作的热情。

但我却不愿
看见你罩上忧愁的面纱——
因我不能到田间去了，
也不能在街上奔跑——
一切都沉默着，
望着阴郁的雨滴徘徊在我的窗前
我会联想到：死亡，战争，
和人间一切的不幸……

黎明啊，
要是你知道我曾对你
有比对自己的恋人

更不敢拂逆和迫切的期待啊——

当我在那些苦难的日子，
悠长的黑夜
把我抛弃在失眠的卧榻上时，
我只会可怜地凝视着东方，
用手按住温热的胸膛里的急迫的心跳
等待着你——
我永远以艰苦的耐心，
希望在铁黑的天与地之间
会裂出一丝白线——
纵使你像故意磨折我似的延迟着，
我永不会绝望，
却只以燃烧着痛苦的嘴
问向东方：
"黎明怎不到来？"

而当我看见了你
披着火焰的外衣，
从天边来到阴暗的窗口时啊——
我像久已为饥渴哭泣得疲乏了的婴孩，
看见母亲为他解开裹住乳房的衣襟
泪眼迸出微笑，
心儿感激着，
我将带着呼唤
带着歌唱
投奔到你温煦的怀里。

一九三七年五月二十三日晨

复活的土地

腐朽的日子
早已沉到河底，
让流水冲洗得
快要不留痕迹了；

河岸上
春天的脚步所经过的地方，
到处是繁花与茂草；
而从那边的丛林里
也传出了
忠心于季节的百鸟之
高亢的歌唱。

播种者呵
是应该播种的时候了，
为了我们肯辛勤地劳作
大地将孕育
金色的颗粒。

就在此刻，

你——悲哀的诗人呀，
也应该拂去往日的忧郁，
让希望苏醒在你自己的
久久负伤着的心里：

因为，我们的曾经死了的大地，
在明朗的天空下
已复活了！
——苦难也已成为记忆，
在它温热的胸膛里
重新漩流着的
将是战斗者的血液。

　　　　　　　　一九三七年七月六日　沪杭路上

他起来了

他起来了——
从几十年的屈辱里
从敌人为他掘好的深坑旁边

他的额上淋着血
他的胸上也淋着血
但他却笑着
——他从来不曾如此地笑过

他笑着
两眼前望且闪光
像在寻找
那给他倒地的一击的敌人

他起来了
他起来
将比一切兽类更勇猛
又比一切人类更聪明

因为他必须如此

因为他
必须从敌人的死亡
夺回来自己的生存

一九三七年十月十二日　杭州

雪落在中国的土地上

雪落在中国的土地上，
寒冷在封锁着中国呀……

风，
像一个太悲哀了的老妇，
紧紧地跟随着
伸出寒冷的指爪
拉扯着行人的衣襟，
用着像土地一样古老的话
一刻也不停地絮聒着……

那从林间出现的，
赶着马车的
你中国的农夫
戴着皮帽
冒着大雪
你要到哪儿去呢？

告诉你
我也是农人的后裔——

由于你们的
刻满了痛苦的皱纹的脸
我能如此深深地
知道了
生活在草原上的人们的
岁月的艰辛。

而我
也并不比你们快乐啊
——躺在时间的河流上
苦难的浪涛
曾经几次把我吞没而又卷起——
流浪与监禁
已失去了我的青春的
最可贵的日子,
我的生命
也像你们的生命
一样的憔悴呀

雪落在中国的土地上,
寒冷在封锁着中国呀……

沿着雪夜的河流,
一盏小油灯在徐缓地移行,
那破烂的乌篷船里
映着灯光,垂着头
坐着的是谁呀?

——啊，你
蓬发垢面的少妇，
是不是
你的家
——那幸福与温暖的巢穴——
已被暴戾的敌人
烧毁了么？
是不是
也像这样的夜间，
失去了男人的保护，
在死亡的恐怖里
你已经受尽敌人刺刀的戏弄？

咳，就在如此寒冷的今夜，
无数的
我们的年老的母亲，
都蜷伏在不是自己的家里，
就像异邦人
不知明天的车轮
要滚上怎样的路程……
——而且
中国的路
是如此的崎岖
是如此的泥泞呀。

雪落在中国的土地上，
寒冷在封锁着中国呀……

透过雪夜的草原

那些被烽火所啮啃着的地域,

无数的,土地的垦殖者

失去了他们所饲养的家畜

失去了他们肥沃的田地

拥挤在

生活的绝望的污巷里:

饥馑的大地

朝向阴暗的天

伸出乞援的

颤抖着的两臂。

中国的苦痛与灾难

像这雪夜一样广阔而又漫长呀!

雪落在中国的土地上,

寒冷在封锁着中国呀……

中国,

我的在没有灯光的晚上

所写的无力的诗句

能给你些许的温暖么?

一九三七年十二月二十八日夜间

北　方

一天
那个科尔沁草原上的诗人
对我说：
"北方是悲哀的。"

不错
北方是悲哀的。
从塞外吹来的
沙漠风，
已卷去北方的生命的绿色
　与时日的光辉
——一片暗淡的灰黄
蒙上一层揭不开的沙雾；
那天边疾奔而至的呼啸
带来了恐怖
疯狂地
扫荡过大地；
荒漠的原野
冻结在十二月的寒风里，

村庄呀，山坡呀，河岸呀，

颓垣与荒冢呀

都披上了土色的忧郁……

孤单的行人，

上身俯前

用手遮住了脸颊，

在风沙里

困苦地呼吸

一步一步地

挣扎着前进……

几只驴子

——那有悲哀的眼

　　和疲乏的耳朵的畜生，

载负了土地的

痛苦的重压，

它们厌倦的脚步

徐缓地踏过

北国的

修长而又寂寞的道路……

那些小河早已枯干了

河底也已画满了车辙，

北方的土地和人民

在渴求着

那滋润生命的流泉啊！

枯死的林木

　　与低矮的住房

稀疏地，阴郁地

散布在灰暗的天幕下；
天上，
看不见太阳，
只有那结成大队的雁群
惶乱的雁群
击着黑色的翅膀
叫出它们的不安与悲苦，
从这荒凉的地域逃亡
逃亡到
绿荫蔽天的南方去了……

北方是悲哀的
而万里的黄河
汹涌着混浊的波涛
给广大的北方
倾泻着灾难与不幸；
而年代的风霜
刻画着
广大的北方的
贫穷与饥饿啊。

而我
——这来自南方的旅客，
却爱这悲哀的北国啊。
扑面的风沙
    与入骨的冷气
决不曾使我咒诅；
我爱这悲哀的国土，

一片无垠的荒漠
也引起了我的崇敬
——我看见
我们的祖先
带领了羊群
吹着笳笛
沉浸在这大漠的黄昏里；
我们踏着的
古老的松软的黄土层里
埋有我们祖先的骸骨啊，
——这土地是他们所开垦
几千年了
他们曾在这里
　　和带给他们以打击的自然相搏斗，
他们为保卫土地
从不曾屈辱过一次，
他们死了
把土地遗留给我们——
我爱这悲哀的国土，
它的广大而瘦瘠的土地
带给我们以淳朴的言语
　　与宽阔的姿态，
我相信这言语与姿态
坚强地生活在大地上
永远不会灭亡；
我爱这悲哀的国土，
　　古老的国土
——这国土

养育了为我所爱的
世界上最艰苦
与最古老的种族。

一九三八年二月四日　潼关

向太阳

从远古的墓茔
从黑暗的年代
从人类死亡之流的那边
震惊沉睡的山脉
若火轮飞旋于沙丘之上
太阳向我滚来……

——引自旧作《太阳》

一　我起来

我起来——
像一只困倦的野兽
受过伤的野兽
从狼藉着败叶的林薮
从冰冷的岩石上
挣扎了好久
支撑着上身
睁开眼睛
向天边寻觅……

我——
是一个
从遥远的山地
从未经开垦的山地
到这几千万人
　　用他们的手劳作着
　　用他们的嘴呼嚷着
　　用他们的脚走着的城市来的
　　　旅客，
我的身上
酸痛的身上
深刻地留着
风雨的昨夜的
长途奔走的疲劳

但
我终于起来了
我打开窗
用囚犯第一次看见光明的眼
看见了黎明
——这真实的黎明啊

(远方
似乎传来了群众的歌声)
于是　我想到街上去

二　街上

早安呵

你站在十字街头
　　车辆过去时
　举着白袖子的手的警察
早安呵
你来自城外的
　挑着满箩绿色的菜贩
早安呵
你打扫着马路的
　穿着红色背心的清道夫
早安呵
你提了篮子，第一个到菜场去的
　棕色皮肤的年轻的主妇
我相信
昨夜
你们决不像我一样，
　　被不停的风雨所追踪
　被无止的噩梦所纠缠
你们都比我睡得好啊！

三　昨天

昨天
我在世界上
用可怜的期望
喂养我的日子
像那些未亡人
披着麻缕
用可怜的回忆

喂养他们的日子一样

昨天
我把自己的国土
　　当作病院
——而我是患了难于医治的病的
没有哪一天
我不是用迟滞的眼睛
看着这国土的
　　没有边际的凄惨的生命……
没有哪一天
我不是用呆钝的耳朵
听着这国土的
　　没有止息的痛苦的呻吟

昨天
我把自己关在
精神的牢房里
四面是灰色的高墙
没有声音
我沿着高墙
走着又走着
我的灵魂
不论白日和黑夜
永远地唱着
一曲人类命运的悲歌

昨天

我曾狂奔在
阴暗而低沉的天幕下的
没有太阳的原野
到山巅上去
伏倒在紫色的岩石上
流着温热的眼泪
哭泣我们的世纪

现在好了
一切都过去了

四　日出

太阳出来了……
当它来时……
城市从远方
用电力与钢铁召唤它
——引自旧作《太阳》

太阳
从远处的高层建筑
——那些水门汀与钢铁所砌成的山
和那成百的烟突
成千的电线杆子
成万的屋顶
所构成的
密丛的森林里
出来了……

在太平洋

在印度洋

在红海

在地中海

在我最初对世界怀着热望

而航行于无边蓝色的海水上的少年时代

我都曾看着美丽的日出

但此刻

在我所呼吸的城市

喷发着煤油的气息

柏油的气息

混杂的气息的城市

敞开着金属的胴体

矿石的胴体

电火的胴体的城市

宽阔地

承受黎明的爱抚的城市

我看见日出

比所有的日出更美丽

五　太阳之歌

是的

太阳比一切都美丽

比处女

比含露的花朵

比白雪

比蓝的海水

太阳是金红色的圆体
是发光的圆体
是在扩大着的圆体

惠特曼
从太阳得到启示
用海洋一样开阔的胸襟
写出海洋一样开阔的诗篇

凡谷
从太阳得到启示
用燃烧的笔
蘸着燃烧的颜色
画着农夫耕犁大地
画着向日葵

邓肯
从太阳得到启示
用崇高的姿态
披示给我们以自然的旋律

太阳
它更高了
它更亮了
它红得像血

太阳
它使我想起　法兰西　美利坚的革命

想起　博爱　平等　自由
想起　德谟克拉西
想起　《马赛曲》《国际歌》
想起　华盛顿　列宁　孙逸仙
　　　和一切把人类从苦难里拯救出来的
　　　人物的名字

是的
太阳是美的
且是永生的

六　太阳照在

初升的太阳
照在我们的头上
照在我们的久久地低垂着
　不曾抬起过的头上
太阳照着我们的城市和村庄
照着我们的久久地住着
　屈服在不正的权力下的城市和村庄
太阳照着我们的田野，河流和山峦
照着我们的从很久以来
　到处都蠕动着痛苦的灵魂的
　田野，河流和山峦……

今天
太阳的炫目的光芒
把我们从绝望的睡眠里刺醒了

也从那遮掩着无限痛苦的迷雾里
刺醒了我们的城市和村庄
也从那隐蔽着无边忧郁的烟雾里
刺醒了我们的田野，河流和山峦
我们仰起了沉重的头颅
从濡湿的地面
一致地
向高空呼嚷
"看我们
我们
笑得像太阳！"

七　在太阳下

"看我们
我们
笑得像太阳！"

那边
一个伤兵
支撑着木制的拐杖
沿着长长的墙壁
跨着宽阔的步伐
太阳照在他的脸上
照在他纯朴地笑着的脸上
他一步一步地走着
他不知道我在远处看着他
当他的披着绣有红十字的灰色衣服的

　高大的身体
走近我的时候
这太阳下的真实的姿态
我觉得
比拿破仑的铜像更漂亮

太阳照在
城市的上空

街上的人
这么多，这么多
他们并不曾向我打招呼
但我向他们走去
我看着每一个从我身边走过的人
对他们
我不再感到陌生

太阳照着他们的脸
照着他们的
　　　光洁的，年轻的脸
　　　发皱的，年老的脸
　　　红润的，少女的脸
　　　善良的，老妇的脸
和那一切的
　　昨天还在惨愁着但今天却笑着的脸
他们都匆忙地
摆动着四肢
在太阳光下

来来去去地走着
　——好像他们被同一的意欲所驱使似的
他们含着微笑的脸
也好像在一致地说着
"我们爱这日子
不是因为我们
　　看不见自己的苦难
不是因为我们
　　看不见饥饿与死亡
我们爱这日子
是因为这日子给我们
带来了灿烂的明天的
最可信的音讯。"

太阳光
闪烁在古旧的石桥上……

几个少女——
　　那些幸福的象征啊
背着募捐袋
在石桥上
在太阳下
唱着清新的歌
　"我们是天使
　健康而纯洁
　我们的爱人
　年轻而勇敢
　有的骑战马

驰骋在旷野
有的驾飞机
飞翔在天空……"
（歌声中断了，她们在向行人募捐）
现在
她们又唱了
　　"他们上战场
　　奋勇杀敌人
　　我们在后方
　　慰劳与宣传
　　一天胜利了
　　欢聚在一堂……"
她们的歌声
是如此悠扬
太阳照着她们的
　　骄傲地突起的胸脯
和袒露着的两臂
和发出尊严的光辉的前额
她们的歌
飘到桥的那边去了……

太阳的光
泛滥在街上

浴在太阳光里的
　　街的那边
一群穿着被煤烟弄脏了的衣服的工人
扛抬着一架机器

——金属的棱角闪着白光

太阳照在

　他们流汗的脸上

当他们每一步前进时

他们发出缓慢而沉洪的呼声

　"杭——唷

　杭——唷

　我们是工人

　工人最可怜

　贫穷中诞生

　劳动里成长

　一年忙到头

　为了吃与穿

　吃又吃不饱

　穿又穿不暖

　杭——唷

　杭——唷

　自从八一三

　敌人来进攻

　工厂被炸掉

　东西被抢光

　几千万工友

　饥饿与流亡

　我们在后方

　要加紧劳动

　为国家生产

　为抗战流汗

　一天胜利了

生活才饱暖

杭——唷

杭——唷……"

他们带着不止的杭唷声

转弯了……

太阳光

泛滥在旷场上

旷场上

成千的穿草黄色制服的士兵

在操演

他们头上的钢盔

和枪上的刺刀

闪着白光

他们以严肃的静默

等待着

那及时的号令

现在

他们开步了

从那整齐的步伐声里

我听见

"一！二！三！四！

一！二！三！四！

我们是从田野来的

我们是从山村来的

我们生活在茅屋

我们呼吸在畜棚

我们耕犁着田地

田地是我们的生命

但今天

敌人来到我们的家乡

我们的茅屋被烧掉

我们的牲口被吃光

我们的父母被杀死

我们的妻女被强奸

我们没有了镰刀与锄头

只有背上了子弹与枪炮

我们要用闪光的刺刀

抢回我们的田地

回到我们的家乡

消灭我们的敌人

敌人的脚踏到哪里

敌人的血流到哪里……

……

一！二！三！四！

一！二！三！四！

……"

这真是何等的奇遇啊……

八　今天

今天

奔走在太阳的路上

我不再垂着头

　把手插在裤袋里了

嘴也不再吹那寂寞的口哨

不看天边的流云
不彷徨在人行道

今天
在太阳照着的人群当中
我决不专心寻觅
那些像我自己一样惨愁的脸孔了

今天
太阳吻着我昨夜流过泪的脸颊
吻着我被人世间的丑恶厌倦了的眼睛
吻着我为正义喊哑了声音的嘴唇
吻着我这未老先衰的
啊！快要佝偻了的背脊

今天
我听见
太阳对我说
　"向我来
　从今天
　你应该快乐些呵……"

于是
被这新生的日子所蛊惑
我欢喜清晨郊外的军号的悠远的声音
我欢喜拥挤在忙乱的人丛里
我欢喜从街头敲打过去的锣鼓的声音
我欢喜马戏班的演技

当我看见了那些原始的，粗暴的，健康的运动
我会深深地爱着它们
——像我深深地爱着太阳一样

今天
我感谢太阳
太阳召回了我的童年了

九　我向太阳

我奔驰
依旧乘着热情的轮子
太阳在我的头上
用不能再比这更强烈的光芒
燃灼着我的肉体
由于它的热力的鼓舞
我用嘶哑的声音
歌唱了：
　　"于是，我的心胸
　　被火焰之手撕开
　　陈腐的灵魂
　　搁弃在河畔……"
这时候
我对我所看见　所听见
感到了从未有过的宽怀与热爱
我甚至想在这光明的际会中死去……

一九三八年四月在武昌

我爱这土地

假如我是一只鸟，
我也应该用嘶哑的喉咙歌唱：
这被暴风雨所打击着的土地，
这永远汹涌着我们的悲愤的河流，
这无止息地吹刮着的激怒的风，
和那来自林间的无比温柔的黎明……
——然后我死了，
连羽毛也腐烂在土地里面。

为什么我的眼里常含泪水？
因为我对这土地爱得深沉……

一九三八年十一月十七日

桥

当土地与土地被水分割了的时候，
当道路与道路被水截断了的时候，
智慧的人类伫立在水边：
于是产生了桥。

苦于跋涉的人类，
应该感谢桥啊。

桥是土地与土地的联系；
桥是河流与道路的爱情；
桥是船只与车辆点头致敬的驿站；
桥是乘船者与步行者挥手告别的地方。

一九三九年秋

旷　野

薄雾在迷蒙着旷野啊……

看不见远方——
看不见往日在晴空下的
天边的松林，
和在松林后面的
迎着阳光发闪的白垩岩了；
前面只隐现着
一条渐渐模糊的
灰黄而曲折的道路，
和道路两旁的
乌暗而枯干的田亩……

田亩已荒芜了——
狼藉着犁翻了的土块，
与枯死的野草，
与杂在野草里的
腐烂了的禾根；
在广大的灰白里呈露出的，
到处是一片土黄，暗赭，

与焦茶的颜色的混合啊……
——只有几畦萝卜，菜蔬
以披着白霜的
稀疏的绿色，
点缀着
这平凡，单调，简陋
与卑微的田野。

那些池沼毗连着，
为了久旱
积水快要枯涸了；
不透明的白光里
弯曲着几条淡褐色的
不整齐的堤岸；
往日翠茂的
水草和荷叶
早已沉淀在水底了；
留下的一些
枯萎而弯曲的枝杆，
呆然站立在
从池面徐缓地升起的水蒸气里……

山坡横陈在前面，
路转上了山坡，
并且随着它的起伏
而向下面的疏林隐没……
山坡上，
灰黄的道路的两旁，

感到阴暗而忧虑的
只是一些散乱的墓堆，
和快要被湮埋了的
黑色的石碑啊。

一切都这样地
静止，寒冷，而显得寂寞……

灰黄而曲折的道路啊！
人们走着，走着，
向着不同的方向，
却好像永远被同一的影子引导着，
结束在同一的命运里；
在无止的劳困与饥寒的前面
等待着的是灾难、疾病与死亡——
彷徨在旷野上的人们
谁曾有过快活呢？

然而
冬天的旷野
是我所亲切的——
在冷彻肌骨的寒霜上，
我走过那些不平的田塍，
荒芜的池沼的边岸，
和褐色阴暗的山坡，
步伐是如此沉重，直至感到困厄
——像一头耕完了土地
带着倦怠归去的老牛一样……

而雾啊——
灰白而混浊，
茫然而莫测，
它在我的前面
以一根比一根更暗淡的
电杆与电线，
向我展开了
无限的广阔与深邃……

你悲哀而旷达，
辛苦而又贫困的旷野啊……

没有什么声音，
一切都好像被雾窒息了；
只在那边
看不清的灌木丛里，
传出了一片
畏慑于严寒的
抖索着毛羽的
鸟雀的聒噪……

在那芦蒿和荆棘所编的篱围里
几间小屋挤聚着——
它们都一样地
以墙边柴木的凌乱，
与竹竿上垂挂的褴褛，
叹息着
徒然而无终止的勤劳；

又以凝霜的树皮盖的屋背上
无力地混合在雾里的炊烟，
描画了
不可逃避的贫穷……

人们在那些小屋里
过的是怎样惨淡的日子啊……
生活的阴影覆盖着他们……
那里好像永远没有白日似的，
他们和家畜呼吸在一起，
——他们的床榻也像畜棚啊；
而那些破烂的被絮，
就像一堆泥土一样的
灰暗而又坚硬啊……

而寒冷与饥饿，
愚蠢与迷信啊，
就在那些小屋里
强硬地盘踞着……

农人从雾里
挑起篾箩走来，
篾箩里只有几束葱和蒜；
他的毡帽已破烂不堪了，
他的脸像他的衣服一样污秽，
他的冻裂了皮肤的手
插在腰束里，
他的赤着的脚

踏着凝霜的道路，
他无声地
带着扁担所发出的微响，
慢慢地
在蒙着雾的前面消失……

旷野啊——
你将永远忧虑而容忍
不平而又缄默么？

薄雾在迷蒙着旷野啊……

一九四〇年一月三日晨

树

一棵树，一棵树
彼此孤立地兀立着
风与空气
告诉着它们的距离

但是在泥土的覆盖下
它们的根伸长着
在看不见的深处
它们把根须纠缠在一起

一九四〇年春

农　夫

你们是从土地里钻出来的么？——
脸是土地的颜色
身上发出土地的气息
手像木桩一样粗拙
两脚踏在土地里
像树根一样难于移动啊

你们阴郁如土地
不说话也像土地
你们的愚蠢，固执与不驯服
更像土地呵

你们活着开垦土地，耕犁土地，
死了带着痛苦埋在土地里
也只有你们
才能真正地爱着土地

一九四〇年四月

兵 车

列车以铁的轰响到来——
乌黑的车头冒着白烟,
铁皮车一节又接连着一节。
每节上露出一些戴灰帽子的脸;
那些棕色的马像女人一样宁静,
它们的毛失去了光泽,
从车皮被弹片所洞穿了的窟窿
可以看见它们下垂的鬃毛
和一条条突起的肋骨;
一个士兵在它们旁边抽着香烟,
眼睛看着那边的土坡和几间茅房,
他的手为了夹住香烟
把五个手指都稚拙地平挣着
香烟的白纸使得他的脸色更加褐暗;
那边举起了一束稻草,马饿了;
开车的钟还没有响,那年老的士兵
从破了的制服的胸前的小袋里
挖出了一张五分的纸票买了一个烧饼,
他寂寞地扯啃着,两眼
没有离开那小贩篮子里的鸡蛋;

那些番号都肮脏得看不清名字了；
那些灰的帽子遮着土黄的脸额上
都有一片一样浓的阴影；
天上没有太阳，灰得没有什么地方
露出了破绽，
在乌黑的车厢的长列上面
望得见一条横向无限去的
起伏不平的中国到处可以看见的山岗
一片美丽而未经垦拓的
杂着土红，土黄，焦茶以及暗赭的山岗；
车停着，马达在喘吁着，
人在车旁徐缓地行走着，
直到车放气的时候
那些马才突然竖了一次耳朵；
此地充满了声响，
却又好像显得可怕的寂静，
四周依然是一片枯草——
虽说春天已来到了世界。

一九四〇年春

火　把

一　邀

"唐尼　时候到了
快点吧"

"李茵
你坐下
我梳一梳头
换一换衣
……
你看我的头发
这么乱
　　我的梳子
　　　哪儿去了?"

"你的梳子
刚才我看见的
它夹在《静静的顿河》里"
"啊　头发都打了结

以后我不再打篮球了
……今天下午
我沿着那小河回来
看见河边搁着
一个淹死了的伤兵
胀着肚子没有人去理会
……今天我一定要倒霉"

"唐尼　时候到了
快点吧"

"好，你别急
我换一换衣
——这制服又忘了烫
算了吧
反正在晚上
……李茵
你看我又胖了
这衣服真太紧
差点儿要挣破
前年在汉口
我也穿了这制服
参加游行的"

"快点吧　时候到了
别再说话"

"李茵　你真急

我还要擦一擦脸
这油光真讨厌——"

"你跑那边去找什么？
找什么？唐尼！
    你的粉盒
        压在《大众哲学》上
    你的口红
        躺在《论新阶段》一起。"

"李茵！"

"快点吧　唐尼
七点三刻了"
"好
我穿好鞋子马上跑
到八点集合
来得及"

"我的鞋拔呢？"

"在你哥哥的照像的旁边"

"啊　哥哥
假如你还活着
今晚上
你该多么快活！"

"唐尼
今晚上
你真美丽"

"李茵
你再说我不去了"

"你不去也好
留在家里可以睡觉"
"好了　走吧
妈　你来把门闩上
今晚上
我很迟才回来"
(一个老迈的声音从里面传出)
"尼尼　孩子
今晚上天很黑
别忘了带电筒"

"不要，妈
今晚上
我带火把回来"

二　街上

"今夜的电灯好像
特别亮　你看那街上
这么多人　这么多人！
好像被什么旋风刮出来的

哪儿来的这么多人？

这城市　哪儿来的

这么多人？他们

都到哪儿去？啊　是的

他们也去参加火炬游行……

那些工人　那些女工

那些店员　那些学生

那些壮丁　那些士兵

都来了　都来了

所有的人都来了

我们的校工也来了

我们的号兵也来了

那么多的旗　那么多的标语……

还有那些宣传画　那么大；

红的　白的　黄的　蓝的旗……

领袖们的肖像　被举在空中。

啊　看那边：还要多　还要多

他们跑起来了　都跑起来了，

有的赶不上了　落下了……

你看：那个黄脸的号兵

晃郎着号角气都喘不过来；

那些学生唱起歌来了：

　　起来

　　不愿做奴隶的人们……

他们跑得多么快啊

他们去远了　去远了……"

"唐尼　时间到了

我们到公共体育场去集合吧

我们赶快
从这小巷赶上去!"

三　会场

"她们都到了　她们都到了
赖英的头上打了一个丝结
她们都到了　大家都到了
何慧芳的眼镜在发亮
大家都到了　连那些小的也来了
刘桃芬　康素琴　李娟
啊　你们都来了　我们迟了
我们迟了　我们是从小巷赶来的
台上的煤气灯
照得这会场像白天
你这制服哪儿做的?
同你的身体很合适
我的是前年在汉口做的
太紧了　小得叫人闷气
今晚倒还凉
　　　　　　　　毛英华
你的皮鞋擦得好亮
　　　　　　啊
那么多工人　那么多　你们看
每只手像一个木榔头
脸上是煤灰　像从烟囱里出来的
他们都瞪着眼在看什么?他们
都张着嘴在等什么?他们

都一动不动地在想什么？他们
朝我们这边看了　朝我们这边看了
那些眼睛像在发怒地
像在发怒地看着我们
啊　我真怕他们那些眼睛
　　　　　　　　　这边
这边全是学生　全是
那个胖家伙跌了跤了
你们看：写信给彭菲灵的
就是他
　　　写信给邓健的
也是他
　　　　听说他的体重有两百零五磅
　　　　　　　　　　真可怕
这是什么学校的
蠢样子　个个都那么呆
那个打旗的像要哭出来
他们乱了　前面的踏着后面的脚
我们退后面一点　排好

　　　　　　李茵哪儿去了？
你看见李茵在哪里？
啊　看见了
　　　　　　她和那抗宣队的在一起
为什么脸上显得那么忧愁
她又笑了　她来了……

李茵来！

我和你一起！

他们也来了　他也来了
他为什么低着头　像在想着什么？
他也想什么？那么困苦的想什么？
他抬起头了　他在找……
他看见了　但他又把头低下去
他为什么低着头　像在想着什么？

李茵　你在这里等一下
我去看看他
克明　我和你说几句话
克明　你好么？"

"我很好——
你有什么话
请快点说吧"

"我不是要来和你吵架
我问你：
我写了三封信给你　你为什么不理？"

"唐尼，这几天
我正在忙着筹备今夜的大会
而且你的信
只说你有点头痛
只说讨厌这天气
对于这些事我有什么办法呢

而且我已不止劝过你一次……"

"而且
你正忙于交际呢!"

"什么意思?"
"这只有你自己最清楚。"

（人们在她和他之间走过
　　又用眼睛看看他们的脸）

"明天再好好谈吧
或者——我写一封长信给你
播音筒已在向台前说话"

（一个声音在空气中震动）

"开会!"

四　演说

煤油灯从台上
发光　演说的人站在台上
向千万只耳朵发出宣言。
他的嘴张开　声音从那里出来
他的手举起　又握成拳头
他的拳头猛烈地向下一击
嘴里的两个字一齐落下:"打倒!"

他的眼睛在灯光下闪烁
像在搜索他所摹拟的敌人
他的声音慢慢提高
他的感情慢慢激昂
他的心像旷场一样阔宽
他的话像灯光一样发亮
无数的人群站在他的前面
无数的耳朵捕捉他的语言
这是钢的语言　矿石的语言
或许不是语言　是一个
铁锤拼打在铁砧上
也或许是一架发动机
在那儿震响　那声音的波动
在旷场的四周回荡
在这城市的夜空里回荡

这是电的照耀
这是火的煽动
这是煽起火焰的狂风
这是暴怒了的火焰
这是一种太沉重的捶击
每一下都捶在我们的心上

这是一阵雷从空中坠下
这是一阵暴风雨
吹刮过我们所站的旷场
这是一种可怕的预言
这是一种要把世界劈成两半的宣言

这是一种使旧世界流泪忏悔的力量

这不是语言　这是
一架发动机在鸣响
这是一个铁锤击落在铁砧上
这是矿石的声音
这是钢铁的声音
这声音像飓风
它要煽起使黑夜发抖的叛乱
听呵　这悠久而沉洪
喧闹而火烈的
群众的欢呼鼓掌的浪潮……

五　"给我一个火把"

火把从那里出来了
火把一个一个地出来了
数不清的火把从那边来了
美丽的火把
耀眼的火把
热情的火把
金色的火把
炽烈的火把
人们的脸在火光里
显得多么可爱
在这样的火光里
没有一个人的脸不是美丽的
火把愈来愈多了

愈来愈多了　愈来愈多了
火把已排成发光的队伍了
火把已流成红光的河流了
火光已射到我们这里来了
火光已射到我们的脸上了
你们的脸在火光里真美
你们的眼在火光里真亮
你们看我呀我一定也很美
我的眼一定也射出光彩
因为我的血流得很急
因为我的心里充满了欢喜
让我们跟着队伍走去
跟着队伍到那边去
到那火把出来的地方去
到那喷出火光的地方去
快些去　快些去　快去
去要一个火把……
"给我一个火把!"
"给我一个火把!"
"给我一个火把!"
你们看
我这火把
亮得灼眼啊……

这是火的世界……
这是光的世界……

六　火的出发

"火把的烈焰
赶走了黑夜"

把火把举起来
把火把举起来
把火把举起来
每个人都举起火把来
一个火把接着一个火把
无数的火把跟着火把走

慢慢地走整齐地走
一个紧随着一个
每个都把火把
举在自己的前面
让火光照亮我们的脸
照亮我们的
　　　　昨天是愁苦着
　　　　今天却狂喜着的脸
照亮我们的
　　　　每一个都像
　　　　基督一样严肃的脸
照亮我们的
　　　　昂起着的胸部
　　　　——那里面激荡着憎与爱的
　　血液

照亮我们的脚
　　　　　即使脚踝流着血
　　　　　也不停止前进的脚
让我们火把的光
照亮我们全体
　　　　　没有任何的障碍
　　　　　可以阻拦我们前进的全体
照亮我们这城市
和它的淌流过正直人的血的街
照亮我们的街
和它的两旁被炸弹所摧倒的房屋
照亮我们的房屋
和它的崩坍了的墙
和狼藉着的瓦砾堆
让我们的火把
照亮我们的群众
挤在街旁的数不清的群众
挤在屋檐下的群众
站满了广场的群众
让男的　女的　老的　小的
都以笑着的脸
迎接我们的火把

让我们的火把
叫出所有的人
叫他们到街上来
让今夜
这城市没有一个人留在家里

让所有的人
都来加入我们这火的队伍

让卑怯的灵魂
腐朽的灵魂
发抖在我们火把的前面

让我们的火把
照出懦弱的脸
畏缩的脸

在我们火光的监视下
让犹大抬不起头来

让我们每个都成为帕罗美修斯
从天上取了火逃向人间
让我们的火把的烈焰
把黑夜摇坍下来
把高高的黑夜摇坍下来
把黑夜一块一块地摇坍下来

把火把举起来
把火把举起来
把火把举起来
每个人都举起火把来

七　宣传卡车

那被绳子牵着的

是汉奸
　　　那穿着长袍马褂
戴着瓜皮帽的
是操纵物价的奸商
　　　那脸上涂了白粉
眉眼下垂　弯着红嘴的
是汪精卫
　　　那女人似的笑着的
是汪精卫

那个鼻子下有一撮小胡子的
日本军官
　　　搂着一个
中国农夫的女人
那个女人
像一头被捉住的母羊似的叫着又挣扎着
那军官的嘴
　　　像饿了的狗看见了肉骨头似的
　　　张开着
那个女人
　　　伸出手给那军官一个巴掌
那个汪精卫
　　　拉上了袖子
　　　用手指指着那女人的鼻子
　　　骂了几句
那个汪精卫
　　　在那军官的前面跪下了
那个汪精卫

花旦似的
　　　　向那日本军官哭泣
那日本军官
　　　　　拍拍他的头又摸摸他的脸
那个汪精卫
　　　　　女人似的笑了
他起来坐在那军官的腿上
他给那军官摸摸须子
他把一只手环住了那军官的颈
他的另一只手拿了一块粉红色的手帕
他用那手帕给那军官的脸轻轻地抚摸
那军官的脸是被那女人打红了的
那军官就把他抱得紧紧地
那军官向那汪精卫要他手中的手帕
那军官在汪精卫涂了白粉的脸上香了一下
那汪精卫撒着娇
　　　　　把那手帕轻轻地在日本军官的前面抖着
那日本军官一手把那手帕抢了去
那手帕上是绣着一个秋海棠叶的图案的
那军官张开血红的嘴
　　　　　大笑着　　大笑着
那军官从裤袋里摸几张钞票
给那个汪精卫
那军官拍拍他的脸
又用嘴再在那脸上香了一下

四个中国兵　走拢来　走拢来
用枪瞄准他们

瞄准那个日本军官　瞄准奸商　汉奸

　瞄准汪精卫

在四个兵一起的

　　　　　是工人　农人　学生

他们一齐拥上去

　　　　　把那些东西扭打在地上

连那个女人都伸出了拳头

那个农夫又给那个跪着求饶的汪精卫猛烈的一脚

那个学生向着街旁的群众举起了播音筒

"各位亲爱的同胞！我们抗战已经三年！

敌人愈打愈弱　我们愈打愈强

只要大家能坚持抗战！坚持团结！

反对妥协　肃清汉奸

动员民众　武装民众

最后的胜利一定属于我们！"

八　队伍

这队伍多么长啊　多么长

好像把这城市的所有的人都排列在里面

不　好像还要多　还要多

好像四面八方的人都已从远处赶来

好像云南　贵州　热河　察哈尔的都已赶来

好像东三省　蒙古　新疆　绥远的都已赶来

好像他们都约好今夜在这街上聚会

一起来排成队　看排起来有多么长

一起来呼喊　看叫起来有多么响

我们整齐地走着　整齐地喊

每人一个火把　举在自己的前面
融融的火光啊　一直冲到天上
把全世界的仇恨都燃烧起来
我们是火的队伍
我们是光的队伍

软弱的滚开　卑怯的滚开
让出路　让我们中国人走来
昏睡的滚开　打呵欠的滚开
当心我们的脚踏上你们的背
滚开去——垂死者　苍白者
当心你们的耳膜　不要让它们震破
我们来了　举着火把　高呼着
用霹雳的巨响　惊醒沉睡的世界

我们是火的队伍
我们是光的队伍

人愈走愈多　队伍愈排愈长
声音愈叫愈响　火把愈烧愈亮
我们的脚踏过了每一条街每一条巷
我们用火光搜索黑暗
把阴影驱赶
卫护我们前进

我们是火的队伍
我们是光的队伍

这队伍多么长啊　多么长
好像全中国的人都已排列在里面
我们走过了一条街又一条街
我们叫喊一阵又歌唱一阵
我们的声音和火光惊醒了一切
黑夜从这里逃遁了
哭泣在遥远的荒原

九　来

你们都来吧
你们都来参加
不论站在街旁
还是站在屋檐下

你们都来吧
你们都来参加
女人们也来
抱着小孩的也来

大家一起来
一起来参加
来喊口号　来游行
来举起火把

来喊口号　来游行
来举起融融的火把
把我们的愤怒叫出来

把我们的仇恨烧起来

十　散队

我们已走遍了这城市的东南西北
我们已走遍了这城市的大街小巷
"李茵　我们已到这么远的地方。
现在我们得回去　队伍散了……
但是　你看　那些人仍旧在呼唱
他们都已在兴奋里变成癫狂
每个人都激动了　全身的血在沸腾
李茵　刚才火把照着你狂叫着的嘴
我真害怕　好像这世界马上要爆开似的
好像一切都将摧毁　连摧毁者自己也摧毁"

"唐尼　你看见的么　我真激动
好像全身的郁气都借这呼叫舒出了
唐尼　你的脸　也很异样
告诉我　唐尼
当那洪流般的火把摆荡的时候
你曾想起了什么？看见了什么？"

"李茵　那真是一种奇迹——
当我看见那火把的洪流摆荡的时候
的确曾想起了一种东西
看见了一种东西
一种完全新的东西
我所陌生的东西……"

十一　他不在家

"真的　李茵
你见到克明么
在那些走在前面的队伍里
你见到克明么
那些学生没有一刻是安静的
他们把口号叫得那么响
又把火把举得那么高
他们每个都那么高大　那么粗野
好像要把这长街
当作他们的运动场
火把照出他们的汗光
我真怕他们
他们好像已沿着这城墙走远……
但是　李茵
当队伍散开的时候
你见到克明么"

"他一定从那石桥回去了
这里离他住的地方
不是只要转一个弯么
我陪你去看他"

一〇三
一〇五
一〇七号——到了

"打门吧
(TA！TA！TA！)
他不在家"

十二　一个声音在心里响

"你在哪里？你在哪里？
这么大的地方哪儿去找你呢？
这么多的人怎能看到你呢？
这么杂乱的声音怎能叫你呢？

我举着火把来找你

你在哪里？你在哪里？
今夜多么美　你在哪里？
你在哪里？我的脸发烫
我的心发抖　你在哪里？

我举着火把来找你

你在哪里？你在哪里？
这么多人没有一个是你
这么多火把过去都没有你
这么多火光照着的脸都不是你

我举着火把来找你

我要看见你！我要看见你！

我要在火光里看见你……
我要用手指抚摸你的脸　你的发
我的这手指不能抚摸你一次么？

我举着火把来找你

无论如何　我要看见你啊
我要见你　听你一句话
只一句话：'爱与不爱'
你在哪里？你在哪里？"

十三　那是谁

"唐尼　他来了
从十字街口那边转弯
来了。克明来了
你看　前额上闪着汗光
他举着火把走来了……"

"那是谁？那是谁？
和他一起走来的
那是谁？那穿了草绿色的裙装的
女子是谁？那头发短得像马鬃的
女子是谁？那大声地说着话的
又大声地笑着的女子是谁？
那走路时摇摆着身体的
女子是谁？那高高的挺起胸部的
女子是谁？

她在做什么？做什么？
她指手画脚地在做什么？
她在说什么？说什么？
她在和他大声地说着什么？
她在说什么？还是在辩论什么？
你听　她在说什么？那么响：

　　'目前——我们的
　　工作——开展……
　　主观上的弱点——
　　正在克服……
　　目前——我们
　　激烈地批判——
　　残留着的
　　小资产阶级的
　　劣根性……
　　以及——妨碍工作的
　　恋爱……
　　受到了无情的
　　打击！
　　目前——我们的
　　工作——开展……'
他们走近来了……
他们走近来了……李茵——
我们——"

"唐尼　让我
向他们打招呼……"

"不要！
李茵　我头昏
我们从这小巷回去吧"

今夜　你们知道
谁的火把
最先熄灭了
又从那无力的手中
滑下？

十四　劝一

"唐尼　我在火光里
看见了你的眼泪
唐尼　这样的夜
你不感到兴奋么　唐尼
唐尼　你不应该
在大家都笑着的时候哭泣
唐尼　爱情并不能医治我们
却只有斗争才把我们救起　唐尼
你应该记起你的哥哥
才五六年　你应该能够记起
唐尼　不要太渴求幸福
当大家都痛苦的时候
个人的幸福是一种耻辱　唐尼
唐尼　只要我们眼睛一睁开
就看见血肉模糊的一团……
假如你还有热情　还有人性

你难道忍心一个人去享乐？
我们有太多的事情要做
你怎么应该哭　唐尼
你要尊敬你的哥哥
为了他而敛起眼泪
唐尼　你是他的妹妹
如你都忘了他
谁还能记得他呢
唐尼　坐下来
在这河边坐下来
让我好好和你说……"

"李茵
请把你的火把
吹熄吧"

"好的——
我有火柴
随时可以点着它"

"这样
倒舒服些……"

十五　劝二

　　"我还有好些事要告诉你……"
　　　　　　　——《新约·约翰福音》十六章十二节

"唐尼　现在让我告诉你
我也是哭泣过的　两年前
我曾爱过一个军官
我们一起过了美满的一个月
但他却把我玩了又抛掉了
我曾哭过一个星期
你知道　我是一个人
从沦陷了的家乡跑出来的

　　（几个人举着火把
　　从她们前面过去……）

认识我的人们
在我幸福时
他们妒忌我
在我不幸时
他们嘲笑我
假如我没有勇气抵抗那些
冷酷的眼和恶毒的嘴
我早已自杀了

"但我很快就把心冷静下来
——我不怨他　我们这年头
谁能怨谁呢　我只是
拼命看书——我给你的那些书
都是那时买的。我变得很快
我很快就胖起来。完全像两个人
心里很愉快。我发现自己身上

好像有一种无穷的力。我非常
渴望工作。我热爱人生——

　　　（几个人举着火把过去）

"生命应该是永远发出力量的机器
应该是一个从不停止前进的轮子
人生应该是
一种把自己贡献给群体的努力
一种个人与全体取得
调协的努力
……我们应该宝贵生命
不要把生命荒废

　　　（几个人举着火把
　　　　从她们前面过去……）

"我很乐观　因为感伤并不能
把我们的命运改变　唐尼
我工作得很紧张。
我参加了一个团体——
唱歌　演戏　上街贴标语
给伤兵换药　给难民写信
打扫轰炸后的街　缝慰劳袋
我们的团体到过前线
我看见过血流成的小溪
看见过士兵的尸体堆成的小山
我知道了什么叫做'不幸'

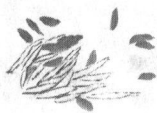

足足有一年　我们
在轰炸　突围　夜行军中度过
我生过疥疮　生过疟疾　生过轮癣
我淋过雨　饿过肚子　在湿地上睡眠
但我无论如何苦都觉得快乐
同志们对我很好　我才知道
世界上有比家属更高的感情

"那团体已被解散了　如今
大家都分散在不同的地方
唐尼　我正在打听他们的消息
我想挨过这学期——啊　那旅馆的
电灯一盏盏地熄了……
唐尼　请你记住这句话：
……
只有反抗才是我们的真理
唐尼　克明现在不是很努力么
一个人变坏容易变好难
你如果真的爱他　难道
应该去阻碍他么？
　　　　　　唐尼
你是不是真的欢喜他呢？
你欢喜他那样的白脸么？……"

十六　忏悔一

"不要谈起这些吧……
李茵　你的话我懂得。

我感谢你——没有人
曾像你这样帮助过我
李茵　我会好起来的

　　　（几个人举着火把
　　　从她们前面过去……）

"本来　一个商人的女儿
会有什么希望呢？
而且我是在鸦片烟床上
长大的　五年前
我的父亲就要把我许给
一个经理的儿子　那时
我的哥哥刚死了半年。
我只知道哭　母亲和他吵，
过了几个月　他也死了。
他两个死了后
我家里就不再有快乐了。

"前年九月底　我和母亲
从汉口出来　在难民船上
认识了克明　他很殷勤
……不要说起这些吧
这都是我太年轻……
这都是我太安闲……
李茵　年轻人的敌人是
幻想——它用虹一样的光彩
和皂泡一样的虚幻来迷惑你

我就是这样被迷惑的一个……

（几个人举着火把

从她们前面过去……）

"李茵　这一夜

我懂得这许多

这一夜　我好像很清醒

我看见了许多　我更看见了

我自己——这是我从来都不曾看见过的

我来在世界上已经十九个春天

这些年　每到春天　我便

常常流泪　我不知我自己

是怎么会到世界上来的

今天以前　我看这世界

随时都好像要翻过来

什么都好像要突然没有了似的

一个日子带给我一次悸动

生活是一张空虚的网

张开着要把我捕捉

所以我渴求着一种友谊

我将为它而感激一生……

我把它看做一辆车子

使我平安地走过

生命的长途

我知道我是错了……"

（几个人举着火把

唱着歌

从她们前面过去……）

"唐尼　不要太信任'友谊'二个字

而且　你说的'友谊'也不会在恋爱中得到

不要把恋爱看得太神秘

现代的恋爱

女子把男子看做肉体的顾客

男子把女子看做欢乐的商店

现代的恋爱

是一个异性占有的遁词

是一个'色情'的同义语。"

十七　忏悔二

"李茵

这世界太可怕了——

完全像屠场！

贪婪和自私

统治这世界

直到何时呢?"

"唐尼

人类会有光明的一天

'一切都将改变'

那日子已在不远

只要我们有勇气走上去

你的哥哥就是我们的先驱……"

"我的哥哥是那么勇敢
他以自己的信仰决定一切
离开了家　在北方流浪
好几年都没有消息
连被捕时也没有信给家里
他是死在牢狱里的……

而我
我太软弱了

（十几个人　每人举着火把
粗暴地唱着歌
从她们的前面过去……）

"这时代
不允许软弱的存在
这时代
需要的是坚强
需要的是铁和钢
而我——可怜的唐尼
除了天真与纯洁
还有什么呢？

"我的存在
像一株草
我从来不敢把'希望'

压在自己的身上

"这时代
像一阵暴风雨
我在窗口
看着它就发抖
这时代
伟大得像一座高山
而我以为我的脚
和我的胆量
是不能越过它的

"但是　李茵　我的好朋友
我会好起来
李茵
你是我的火把
我的光明
——这阴暗的角落
除了你
从没有人来照射
李茵　我发誓
经了这一夜　我会坚强起来的

"李茵
假如我还有眼泪
让我为了忏悔和羞耻
而流光它吧

"李茵
——我怎么应该堕落呢
假如我不能变好起来
我愿意你用鞭子来打我
用石头来钉我!"

"唐尼
天真是没有罪过的。
我们认识虽只半年
但我却比你自己更多的了解你
我看见了'危险'
已隐伏在你的前面。
它已向你打开黑暗的门
欢迎你进去
不,从你身上我看见了我自己
看见了全中国的姊妹
——我背几句诗给你:

'命运有三条艰苦的道路
第一条　同奴隶结婚
第二条　做奴隶儿子的母亲
第三条　直到死做个奴隶
所有这些严酷的命运
罩住俄罗斯土地上的女人'

"我们是中国的女人
比俄国的更不如
我们从来没有勇气

改变我们自己的命运
难道我们永远不要改变么？
自己不改变　谁来给我们改变呢？

　　(在黑暗的深处
　　有几个女人过去
　　她们用歌声
　　撕裂了黑夜的苍穹：

　　　　'感受不自由莫大痛苦
　　　　你光荣的生命牺牲
　　　　在我们艰苦的斗争中
　　　　英勇地抛弃了头颅……')

"这一定是演剧队的那些女演员……
这声音真美……
唐尼　时候不早
我们该回去了"

"好　李茵
今晚我真清醒
今晚我真高兴。
明天起　我要
把高尔基的《母亲》先看完"

"等一等　唐尼
让我把火把点起
……

明天会"

(唐尼举着火把很快地走

突然　她回过头来悠远地叫着:)

"李茵

要不要我陪你回去?"

"不要——

有了火把

我不怕"

"好　那末再见

这火把给你。"

"那末……你自己呢?"

"我是走惯了黑路的——

谢谢你这火把……"

十八　尾声

"妈!

(TA! TA! TA!)

开门吧"

(TA! TA! TA!)

"妈!

开门吧"

"妈
开门吧"
（TA！TA！TA！）

"孩子
等一下
让我点了灯
天黑得很……"

"妈　你快呀
我带着火把来了"

"孩子
这火把真亮"

"妈　你拿着它
我来关门
你把火把
插在哥哥照像的前面"

> （母亲上床　唐尼
> 呆呆地望着火把
> 慢慢地　她看定了
> 那死了五年的青年的照片：）

"哥哥　今夜
你会欢喜吧
你的妹妹已带回了火把

这火把不是用油点燃起来的
这火把　是她
用眼泪点燃起来的……"

"孩子
这火把真亮
照得房子都通红了
你打嚏了——孩子冷了
怎么你的眼皮肿
——哭了?"

"没有。
今晚我很高兴
只是火把的光
灼得我难受……"
"孩子　别哭了
来睡吧
天快要亮了。"

一九四〇年五月一日—四日

刈草的孩子

夕阳把草原燃成通红了，
刈草的孩子无声地刈草，
低着头，弯曲着身子，忙乱着手，
从这一边慢慢地移到那一边……

草已遮没他小小的身子了，
在草丛里我们只看见：
一只盛草的竹篓，几堆草，
和在夕阳里闪着金光的镰刀……

一九四〇年

黎明的通知

为了我的祈愿
诗人啊，你起来吧

而且请你告诉他们
说他们所等待的已经要来

说我已踏着露水而来
已借着最后一颗星的照引而来

我从东方来
从汹涌着波涛的海上来

我将带光明给世界
又将带温暖给人类

借你正直人的嘴
请带去我的消息

通知眼睛被渴望所灼痛的人类
和远方的沉浸在苦难里的城市和村庄

请他们来欢迎我——
白日的先驱,光明的使者

打开所有的窗子来欢迎
打开所有的门来欢迎

请鸣响汽笛来欢迎
请吹起号角来欢迎

请清道夫来打扫街衢
请搬运车来搬去垃圾

让劳动者以宽阔的步伐走在街上吧
让车辆以辉煌的行列从广场流过吧

请村庄也从潮湿的雾里醒来
为了欢迎我打开它们的篱笆

请村妇打开她们的鸡埘
请农夫从畜棚牵出耕牛

借你的热情的嘴通知他们
说我从山的那边来,从森林的那边来

请他们打扫干净那些晒场
和那些永远污秽的天井

请打开那糊有花纸的窗子
请打开那贴着春联的门

请叫醒殷勤的女人
和那打着鼾声的男子

请年轻的情人也起来
和那些贪睡的少女

请叫醒困倦的母亲
和她身边的婴孩

请叫醒每个人
连那些病者与产妇

连那些衰老的人们
呻吟在床上的人们

连那些因正义而战争的负伤者
和那些因家乡沦亡而流离的难民

请叫醒一切的不幸者
我会一并给他们以慰安

请叫醒一切爱生活的人
工人，技师以及画家

请歌唱者唱着歌来欢迎

用草与露水所掺和的声音

请舞蹈者跳着舞来欢迎
披上他们白雾的晨衣

请叫那些健康而美丽的醒来
说我马上要来叩打他们的窗门

请你忠实于时间的诗人
带给人类以慰安的消息

请他们准备欢迎，请所有的人准备欢迎
当雄鸡最后一次鸣叫的时候我就到来

请他们用虔诚的眼睛凝视天边
我将给所有期待我的以最慈惠的光辉

趁这夜已快完了，请告诉他们
说他们所等待的就要来了

野　火

在这些黑夜里燃烧起来

在这些高高的山巅上

伸出你的光焰的手

去抚扪夜的宽阔的胸脯

去抚扪深蓝的冰凉的胸脯

从你的最高处跳动着的尖顶

把你的火星飞起来

让它们像群仙似的飘落在

那些莫测的黑暗而又冰冷的深谷

去照见那些沉睡的灵魂

让它们即使在缥缈的梦中

也能得到一次狂欢的舞蹈

在这些黑夜里燃烧起来

更高些！更高些！

让你的欢乐的形体

从地面升向高空

使我们这困倦的世界

因了你的火光的鼓舞

苏醒起来！喧腾起来！

让这黑夜里的一切的眼
都在看望着你
让这黑夜里的一切的心
都因了你的召唤而震荡
欢笑的火焰呵
颤动的火焰呵

听呀从什么深邃的角落
传来了那赞颂你的瀑布似的歌声……

一九四二年　陕北

风的歌

我是季候的忠实的使者
报告时序的运转与变化
奔忙在世界上

寂静的微寒的二月
我从南方的森林出发
爬上险峻的山峰
走过潮湿的山谷
渡过湖沼与江河
带着温暖与微笑
沿途唤醒沉睡的生物

山巅的积雪融化了
结冰的河流解冻了
黑色的土地吐出绿色的嫩芽
百鸟在飘动的树枝上歌唱
忧愁从人们脸上消失
含笑的眼睛
看着被阳光照射的田野
布谷鸟站在山岩上

一阵阵一阵阵地叫唤
殷勤地催促着农人
把土地翻耕
把河水灌溉
向田亩播撒种子

晴朗的发光的五月
我徘徊在山谷和田野
河流因我的跳跃激起波浪
池沼因我的漫步浮起皱纹
午后，我疾行在悬崖的边沿
晚上，我休息在森林

我是云的牧人
带领羊群一样的白云
放牧在碧蓝的晴空
从上空慢慢移行
阴影停留在旷野

我是雨的引路人
当大地为久旱所焦灼
我被发怒的乌云推拥
带着急喘，匆忙地
跃上山崖、跳下平野，
疾驰在闪电、雷、雨的前面
拍击着门窗，向人们呼喊：
"大雷雨要来了！
大雷雨要来了！"

成熟的丰盛的八月
挂满稻草的杉树林里
在草堆上微睡之后
走过收割了的田亩
到山脚下的乡村
裹着头巾的农妇
向我发出欢呼
当她们在广场上
高高地举起筛子
摆动风车的扇柄
我就以我的敏捷
帮助这些勤奋的人
把谷壳和米糠吹散出来

起雾和下雨的日子
我走在阴凉的大气里
自然在极度的繁华之后
已临到了厌倦
曾经美丽的东西
都已变成枯萎
飞鸟合上翅膀
鸣虫停止叫唤
我含着伤感
摇落树上欲坠的残叶
打扫枯枝狼藉的院子
推倒被秋雨淋成乌黑的篱笆
挨家挨户督促贫苦的人们
赶快更换屋背上的茅草

上山砍伐冬季的燃料
因为我知道，对于他们
更坏的日子还在后面

阴暗的忧郁的十一月
带着寒冷的雨滴
我离开遥远的北方

有时，在黄昏
穿过荒凉的旷野
我走近一家茅屋
从窗户向里面窥探
一个农夫和他的妻子
对着刚点亮的油灯
为不曾缴纳税租而愁苦
一听见外面有了声音
就突然打了一个寒噤

当我从摩天的山岭经过
盲眼的老人跟我下来
他是季候的掘墓人
以嫉妒为食粮
以仇恨为饮料
他的嘘息侵进我的灵魂
自从他和我同路以来
我就不再有愉快了
我抖索着，牵着他枯干的手
慢慢地从山上走下平原

沿着我来的路向南方移行

四周，看不见人影和兽迹

万物露出惨愁的样子

这个老人！他一边扶着我

一边用痉挛的手摸索

他的手指所触到的东西

都起了一阵可怕的寒颤

他的脚一伸到河流

河水就成了僵冻

他睁着灰白无光的眼睛

不断地从嘴里吐出咒语：

"大地死了……大地死了……"

于是他散播着雪片

抛掷着雪团

用一层厚厚的白雪

裹住大地的尸身

当我极目远望时

我也不禁伏倒在山岩上啜泣……

尾　声

等一切生物经过长期的坚忍

经过悠久的黑暗与寒冷的统治

我又从南方海上的一个小岛起程

站在那第一只北航的船的布帆后面

带着温暖和燕子、欢快和花朵

唱着白云的柔美的歌

为金色的阳光所护送
向初醒的大地飞奔……

一九四二年九月六日

献给乡村的诗

我的诗献给中国的一个小小的乡村——
它被一条山岗所伸出的手臂环护着。
山岗上是年老的常常呻吟的松树；
还有红叶子像鸭掌般撑开的枫树；
高大的结着戴帽子的果实的榉子树
和老槐树，主干被雷霆劈断的老槐树；
这些年老的树，在山岗上集成树林，
荫蔽着一个古老的乡村和它的居民。

我想起乡村边上澄清的池沼——
它的周围密密地环抱着浓绿的杨柳，
水面浮着菱叶、水葫芦叶、睡莲的白花。
它是天的忠心的伴侣，映着天的欢笑和愁苦；
它是云的梳妆台，太阳、月亮、飞鸟的镜子；
它是群星的沐浴处，水禽的游泳池；
而老实又庞大的水牛从水里伸出了头，
看着村妇蹲在石板上洗着蔬菜和衣服。

我想起乡村里那些幽静的果树园——
园里种满桃子、杏子、李子、石榴和林檎，

外面围着石砌的围墙或竹编的篱笆，
墙上和篱笆上爬满了茑萝和纺车花；
那里是喜鹊的家，麻雀的游戏场；
蜜蜂的酿造室，蚂蚁的堆货栈；
蟋蟀的练音房，纺织娘的弹奏处；
而残忍的蜘蛛偷偷地织着网捕捉蝴蝶。

我想起乡村路边的那些石井——
青石砌成的六角形的石井是乡村的储水库，
汲水的年月久了，它的边沿已刻着绳迹。
暗绿而濡湿的青苔也已长满它的周围，
我想起乡村田野上的道路——
用卵石或石板铺的曲折窄小的道路，
它们从乡村通到溪流、山岗和树林，
通到森林后面和山那面的另一个乡村。

我想起乡村附近的小溪——
它无日无夜地从远方引来了流水
给乡村灌溉田地、果树园、池沼和井，
供给乡村上的居民们以足够的饮料；
我想起乡村附近小溪上的木桥——
它因劳苦削瘦得只剩了一副骨骼，
长年地赤露着瘦长的腿站在水里，
让村民们从它驼着的背脊上走过。

我想起乡村中间平坦的旷场——
它是村童们的竞技场，角力和摔跤的地方，
大人们在那里打麦，掼豆，飏谷，筛米……

长长的横竹竿上飘着未干的衣服和裤子；
宽大的地席上铺晒着大麦、黄豆和荞麦；
夏天晚上人们在那里谈天、乘凉，甚至争吵，
冬天早晨在那里解开衣服找虱子、晒太阳；
假如一头牛从山崖跌下，它就成了屠场。

我想起乡村里那些简陋的房屋——
它们紧紧地挨挤着，好像冬天寒冷的人们，
它们被柴烟熏成乌黑，到处挂满了尘埃，
里面充溢着女人的叱骂和小孩的啼哭；
屋檐下悬挂着向日葵和萝卜的种子，
和成串的焦红的辣椒，枯黄的干菜；
小小的窗子凝望着村外的道路，
看着山峦以及远处山脚下的村落。

我想起乡村里最老的老人——
他的须发灰白，他的牙齿掉了，耳朵聋了，
手像紫荆藤紧紧地握着拐杖，
从市集回来的村民高声地和他谈着行情；
我想起乡村里最老的女人——
自从一次出嫁到这乡村，她就没有离开过，
她没有看见过帆船，更不必说火车、轮船，
她的子孙都死光了，她却很骄傲地活着。

我想起乡村里重压下的农夫——
他们的脸像松树一样发皱而阴郁，
他们的背被过重的挑担压成弓形，
他们的眼睛被失望与怨愤磨成混沌；

我想起这些农夫的忠厚的妻子——
她们贫血的脸像土地一样灰黄，
她们整天忙着磨谷，舂米，烧饭，喂猪，
一边纳鞋底一边把奶头塞进婴孩啼哭的嘴。

我想起乡村里的牧童们，
想起用污手擦着眼睛的童养媳们，
想起没有土地没有耕牛的佃户们，
想起除了身体和农服之外什么也没有的雇农们，
想起建造房屋的木匠们、石匠们、泥水匠们，
想起屠夫们、铁匠们、裁缝们，
想起所有这些被穷困所折磨的人们——
他们终年劳苦，从未得到应有的报酬。

我的诗献给乡村里一切不幸的人——
无论到什么地方我都记起他们，
记起那些被山岭把他们和世界隔开的人，
他们的性格像野猪一样，沉默而凶猛，
他们长久地被蒙蔽，欺骗与愚弄；
每个脸上都隐蔽着不曾爆发的愤恨；
他们衣襟遮掩着的怀里歪插着尖长快利的刀子，
那藏在套里的刀锋，期待着复仇的来临。

我的诗献给生长我的小小的乡村——
卑微的，没有人注意的小小的乡村，
它像中国大地上的千百万的乡村。
它存在于我的心里，像母亲存在儿子心里。
纵然明丽的风光和污秽的生活形成了对照，

而自然的恩惠也不曾弥补了居民的贫穷，
这是不合理的：它应该有它和自然一致的和谐；
为了反抗欺骗与压榨，它将从沉睡中起来。

一九四二年九月七日

春姑娘

春姑娘来了——
你们谁知道，
她是怎样来的？

我知道！
我知道！

她是南方来的，
前几天到这里，
这个好消息，
是燕子告诉我的。

你们谁看见过，
她长的什么样子？
我知道！
我知道！

她是一个小姑娘，
长得比我还漂亮，
两只眼睛水汪汪，

一条辫子这么长！

她赤着两只脚，
裤管挽在膝盖上；
在她的手臂上，
挂着一个大柳筐。

她渡过了河水，
在沙滩上慢慢走，
她低着头轻轻地唱，
那声音像河水在流……

看见她的样子，
谁也会高兴；
听见她的歌声，
谁也会快乐。

在她的大柳筐里，
装满了许多东西——
红的花，绿的草，
还有金色的种子。

她是一个好姑娘，
又聪明，又勤劳，
在早晨的阳光里，
一刻也不休息：

她把花挂在树上，

又把草铺在地上,
把种子撒在田里,
让它们长出了绿秧。

她在田垄上走过,
母牛仰着头看着,
小牛犊蹦跳着,
大羊羔咩咩地叫着⋯⋯

她来到村子里,
家家户户都高兴,
一个个果园子,
都打开门来欢迎;

园子里多热闹,
到了许多亲戚——
有造糖的蜜蜂,
有爱打扮的粉蝶;

那些水池子,
擦得亮亮的,
春姑娘走过时,
还照一照镜子;

各种各样的鸟,
唱出各种各样的歌,
每一只鸟都说:
"我的心里真快乐!"

鸟儿飞来飞去，
歌也老不停止——
大家都说："春姑娘，
愿你永远在这里！"

只有那些鸭子，
不会飞也不会唱歌，
它们呆呆地站着，
拍着翅膀大笑着……

它们说："春姑娘！
我们等你好久了！
你来了就好了！
我们不会唱歌，哈哈哈……"

一九五〇年三月二十八日

给乌兰诺娃

——看芭蕾舞"小夜曲"后作

像云一样柔软，
像风一样轻，
比月光更明亮，
比夜更宁静——
人体在太空里游行；

不是天上的仙女，
却是人间的女神，
比梦更美，
比幻想更动人——
是劳动创造的结晶。

礁　石

一个浪，一个浪，
无休止地扑过来，
每一个浪都在它脚下
被打成碎沫、散开……

它的脸上和身上
像刀砍过的一样
但它依然站在那里
含着微笑，看着海洋……

一九五四年七月二十五日

启明星

属于你的是
光明与黑暗交替
黑夜逃遁
白日追踪而至的时刻

群星已经退隐
你依然站在那儿
期待着太阳上升

被最初的晨光照射
投身在光明的行列
直到谁也不再看见你

一九五六年八月

鱼化石

动作多么活泼，
精力多么旺盛，
在浪花里跳跃，
在大海里浮沉；

不幸遇到火山爆发，
也可能是地震，
你失去了自由，
被埋进了灰尘；

过了多少亿年，
地质勘探队员
在岩层里发现你，
依然栩栩如生。

但你是沉默的，
连叹息也没有，
鳞和鳍都完整，
却不能动弹；

你绝对的静止，
对外界毫无反应，
看不见天和水，
听不见浪花的声音。

凝视着一片化石，
傻瓜也得到教训：
离开了运动，
就没有生命。

活着就要斗争，
在斗争中前进，
即使死亡
能量也要发挥干净。

镜　子

仅只是一个平面
却又是深不可测

它最爱真实
决不隐瞒缺点

它忠于寻找它的人
谁都从它发现自己

或是醉后酡颜
或是鬓如霜雪

有人喜欢它
因为自己美

有人躲避它
因为它直率

甚至会有人
恨不得把它打碎

光的赞歌

一

每个人的一生
不论聪明还是愚蠢
不论幸福还是不幸
只要他一离开母体
就睁着眼睛追求光明

世界要是没有光
等于人没有眼睛
航海的没有罗盘
打枪的没有准星
不知道路边有毒蛇
不知道前面有陷阱

世界要是没有光
也就没有杨花飞絮的春天
也就没有百花争妍的夏天
也就没有金果满园的秋天

也就没有大雪纷飞的冬天

世界要是没有光
看不见奔腾不息的江河
看不见连绵千里的森林
看不见容易激动的大海
看不见像老人似的雪山
要是我们什么也看不见
我们对世界还有什么留念

二

只是因为有了光
我们的大千世界
才显得绚丽多彩
人间也显得可爱

光给我们以智慧
光给我们以想象
光给我们以热情
创造出不朽的形象

那些殿堂多么雄伟
里面更是金碧辉煌
那些感人肺腑的诗篇
谁读了能不热泪盈眶

那些最高明的雕刻家

使冰冷的大理石有了体温
那些最出色的画家
描出了色授魂与的眼睛

比风更轻的舞蹈
珍珠般圆润的歌声
火的热情、水晶的坚贞
艺术离开光就没有生命

山野的篝火是美的
港湾的灯塔是美的
夏夜的繁星是美的
庆祝胜利的焰火是美的
一切的美都和光在一起

三

这是多么奇妙的物质
没有重量而色如黄金
它可望而不可即
漫游世界而无体形
具有睿智而谦卑
它与美相依为命

诞生于撞击和磨擦
来源于燃烧和消亡的过程
来源于火、来源于电
来源于永远燃烧的太阳

太阳啊，我们最大的光源
它从亿万万里以外的高空
向我们居住的地方输送热量
使我们这里滋长了万物
万物都对它表示景仰
因为它是永不消失的光

真是不可捉摸的物质——
不是固体、不是液体、不是气体
来无踪、去无影、浩淼无边
从不喧嚣、随遇而安
有力量而不剑拔弩张
它是无声的威严

它是伟大的存在
它因富足而能慷慨
胸怀坦荡、性格开朗
只知放射、不求报偿
大公无私、照耀四方

四

但是有人害怕光
有人对光满怀仇恨
因为光所发出的针芒
刺痛了他们自私的眼睛

历史上的所有暴君

各个朝代的奸臣
一切贪婪无厌的人
为了偷窃财富、垄断财富
千方百计想把光监禁
因为光能使人觉醒

凡是压迫人的人
都希望别人无能
无能到了不敢吭声
让他们把自己当作神明

凡是剥削人的人
都希望别人愚蠢
愚蠢到了不会计算
一加一等于几也闹不清

他们要的是奴隶
是会说话的工具
他们只要驯服的牲口
他们害怕有意志的人

他们想把火扑灭
在无边的黑暗里
在岩石所砌的城堡里
永远维持血腥的统治

他们占有权力的宝座
一手是勋章、一手是皮鞭

一边是金钱、一边是锁链
进行着可耻的政治交易
完了就举行妖魔的舞会
和血淋淋的人肉的欢宴

回顾人类的历史
曾经有多少年代
沉浸在苦难的深渊
黑暗凝固得像花岗岩
然而人间也有多少勇士
用头颅去撞开地狱的铁门

光荣属于奋不顾身的人
光荣属于前赴后继的人

暴风雨中的雷声特别响
乌云深处的闪电特别亮
只有通过漫长的黑夜
才能喷涌出火红的太阳

五

愚昧就是黑暗
智慧就是光明
人类是从愚昧中过来
那最先去盗取火的人
是最早出现的英雄
他不怕守火的鹫鹰

要啄掉他的眼睛
他也不怕天帝的愤怒
和轰击他的雷霆
于是光不再被垄断
从此光流传到人间

我们告别了刀耕火种
蒸汽机带来了工业革命
从核物理诞生了原子弹
如今像放鸽子似的
放出了地球卫星……
光把我们带进了一个
　　　光怪陆离的世界：
X 光，照见了动物的内脏
激光，刺穿优质钢板
光学望远镜，追踪星际物质
电子计算机
　把我们推向了二十一世纪
然而，比一切都更宝贵的
是我们自己的锐利的目光
是我们先哲的智慧的光
这种光洞察一切、预见一切
可以透过肉体的躯壳
看见人的灵魂

看见一切事物的底蕴
一切事物内在的规律
一切运动中的变化

一切变化中的运动
一切的成长和消亡
就连静静的喜马拉雅山
也在缓慢地继续上升

认识没有地平线
地平线只能存在于停止前进的地方
而认识却永无止境
人类在追踪客观世界中
留下了自己的脚印

实践是认识的阶梯
科学沿着实践前进
在前进的道路上
要砸开一层层的封锁
要挣断一条条的铁链
真理只能从实践中得以永生

六

光从不可估量的高空
俯视着人类历史的长河
我们从周口店到天安门
像滚滚的波涛在翻腾
不知穿过了多少的险滩和暗礁
我们乘坐的是永不沉没的船
从天际投下的光始终照引着我们……

我们从千万次的蒙蔽中觉醒

我们从千万种的愚弄中学得了聪明

统一中有矛盾、前进中有逆转

运动中有阻力、革命中有背叛

甚至光中也有暗

甚至暗中也有光

不少丑恶与无耻

隐藏在光的下面

毒蛇、老鼠、臭虫、蝎子

和许多种类的粉蝶——

她们都是孵化害虫的母亲

我们生活着随时都要警惕

看不见的敌人在窥伺着我们

然而我们的信念

像光一样坚强——

经过了多少浩劫之后

穿过了漫长的黑夜

人类的前途无限光明、永远光明

七

每一个人都是一个生命

人世银河星云中的一粒微尘

每一粒微尘都有自己的能量

无数的微尘汇集成一片光明

每一个人既是独立的

而又互相照耀

在互相照耀中不停地运转
和地球一同在太空中运转
我们在运转中燃烧
我们的生命就是燃烧
我们在自己的时代
应该像节日的焰火
带着欢呼射向高空
然后迸发出璀璨的光

即使我们是一支蜡烛
也应该"蜡炬成灰泪始干"
即使我们只是一根火柴
也要在关键时刻有一次闪耀
即使我们死后尸骨都腐烂了
也要变成磷火在荒野中燃烧

八

作为一个微不足道的人
天文学数字中的一粒微尘
即使生命像露水一样短暂
即使是恒河岸边的一粒细沙
也能反映出比本身更大的光
我也曾经用嘶哑的喉咙歌唱
在不自由的岁月里我歌唱自由
我是被压迫的民族，我歌唱解放
在这个茫茫的世界上
为被凌辱的人们歌唱

为受欺压的人们歌唱
我歌唱抗争，我歌唱革命
在黑夜把希望寄托给黎明
在胜利的欢欣中歌唱太阳

我是大火中的一点火星
趁生命之火没有熄灭
我投入火的队伍、光的队伍
把"一"和"无数"融合在一起
为真理而斗争
和在斗争中前进的人民一同前进
我永远歌颂光明
光明是属于人民的
未来是属于人民的
任何财富都是人民的
和光在一起前进
和光在一起胜利
胜利是属于人民的
和人民在一起所向无敌

九

我们的祖先是光荣的
他们为我们开辟了道路
沿途留下了深深的足迹
每个足迹里都有血迹

现在我们正开始新的长征

这个长征不只是二万五千里的路程

我们要逾越的也不只是十万大山

我们要攀登的也不只是千里岷山

我们要夺取的也不只是金沙江、大渡河

我们要抢渡的是更多更险的渡口

我们在攀登中将要遇到

更大的风雪、更多的冰川……

但是光在召唤我们前进

光在鼓舞我们、激励我们

光给我们送来了新时代的黎明

我们的人民从四面八方高歌猛进

让信心和勇敢伴随着我们

武装我们的是最美好的理想

我们是和最先进的阶级在一起

我们的心胸燃烧着希望

我们前进的道路铺满阳光

让我们的每个日子

　　都像飞轮似的旋转起来

让我们的生命发出最大的能量

让我们像从地核里释放出来似的

　　极大地撑开光的翅膀

　　在无限广阔的宇宙中飞翔

让我们以最高的速度飞翔吧

让我们以大无畏的精神飞翔吧

让我们从今天出发飞向明天

让我们把每个日子都当作新的起点

或许有一天，总有一天
我们这个古老的民族
我们最勇敢的阶级
将接受光的邀请
去叩开千万重紧闭的大门
访问我们所有的芳邻

让我们从地球出发
飞向太阳……

一九七八年八月—十二月

迎接一个迷人的春天

一

不知道你们听见了没有——
这些夜晚，从河流那边
　　　传来了一阵阵什么破裂的声音。
呵，原来是河流正在解冻，
河水可以无拘束地奔流了。
大片大片的冰块互相撞击着，
　　　　　　　　　互相拥挤着，
好像戏院门前的人流，
　　　带着欢笑拥向天边。

久久盼望的春天终于要来了，
万物滋生的季节要来了，
播种与孕育的季节要来了，
谁能不爱春天呢！
即使冰雪化了以后，
　　　道路是泥泞的，
即使要穿过一大片沼泽地带，

我们也要去欢迎她，
因为她给我们大家
　　带来了温暖和希望。

二

我们有过被欺骗的春天，
我们有过被流放的春天，
我们有过被监禁的春天，
我们有过呜咽啜泣的春天。

我们曾经像蜗牛似的，
在脚墙根上慢慢地爬行；
我们曾经像喇嘛教徒似的，
敲着木鱼，念着经消磨时间。
然而，整个外面的世界，
成千上万的车队，
在高速公路上飞奔，
而米格 25 战斗机，
随时都有可能像闪电划过
　　我们神圣的蓝天，
我们所面临的是一场无比
　　严峻的考验。

经历了多少的动荡与不安，
我们终于醒悟过来了，
终于突破了层层坚冰，
迎来了万马奔腾的时间。

三

我们终于能理直气壮地生活了，
我们能扬眉吐气地过日子了，
我们具有无比坚强的信心，
像哈萨克族举行"姑娘追"似的
　　来迎接这个春天。

她来了，真的来了，
你可以闻到她的芬芳，
你可以感到她的体温，
就连树上的小鸟也在歌唱，
就连林间的小鹿也在跳跃……

我们要拉响所有的汽笛
　　来迎接这个新时代的黎明；
我们要鸣放二十一门礼炮，
　　来迎接这个岁月的元首；
所有的琴师拨动琴弦，
所有的诗人谱写诗篇，
所有的乐器，歌声，
组成最大的交响乐章，
　　来迎接一个迷人的春天！

海水和泪

海水是咸的
泪也是咸的

是海水变成泪？
是泪流成海水？

亿万年的泪
汇聚成海水

终有一天
海水和泪都是甜的

盼　望

一个海员说，
他最喜欢的是起锚所激起的那
一片洁白的浪花……

一个海员说，
最使他高兴的是抛锚所发出的
那一阵铁链的喧哗……

一个盼望出发
一个盼望到达

一九七九年三月　上海

希　望

梦的朋友
幻想的姊妹

原是自己的影子
却老走在你前面

像光一样无形
像风一样不安定

她和你之间
始终有距离

像窗外的飞鸟
像天上的流云

像河边的蝴蝶
既狡猾而美丽

你上去，她就飞
你不理她，她撵你

她永远陪伴你

一直到你终止呼吸

墙

一堵墙，像一把刀
把一个城市切成两片
一半在东方
一半在西方

墙有多高？
有多厚？
有多长？
再高、再厚、再长
也不可能比中国的长城
更高、更厚、更长
它也只是历史的陈迹
民族的创伤
谁也不喜欢这样的墙
三米高算得了什么

五十厘米厚算得了什么
四十五公里长算得了什么
再高一千倍
再厚一千倍

再长一千倍
又怎能阻挡
天上的云彩、风、雨和阳光？

又怎能阻挡
飞鸟的翅膀和夜莺的歌唱？

又怎能阻挡
流动的水和空气？

又怎能阻挡
千百万人的
比风更自由的思想？
比土地更深厚的意志？
比时间更漫长的愿望？

一九七九年五月二十二日　波恩

关于爱情

一

这个世界，
什么都古老，
只有爱情，
却永远年轻；

这个世界，
充满了诡谲，
只有爱情，
却永远天真；

只要有爱情，
鱼在水中游，
鸟在天上飞，
黑夜也透明。

失去了爱情，
断了弦的琴，

没有油的灯，
夏天也寒冷。

二

切莫要自欺欺人，
镜花水月不可信，
货币交换的时代，
爱情比杨花更轻；

在滚滚的洪流里，
不安定就像浮萍，
请看"文化大革命"，
多少夫妻闹离婚。

三

也不必危言耸听，
有动摇也有坚定——
朱买臣马前泼水，
王宝钏孤守清灯；

何况在动乱的年代，
外交关系也经不起考验，
"牢不可破的友谊"，
变成势不两立的敌人。

不幸的婚姻，

是无期徒刑；
志同道合的，
同甘共苦过一生。

一九八〇年初

关于笔

我久久地凝视着笔
禁不住问它：
"你究竟是什么怪物？"

笔露出鬼脸没有回答

于是我想起了许多事：

一个农民说
"我拿起它
比锄头还重。"

农民出身的老干部
捏着笔头
好像怕它要跑掉
然后一笔一笔地写
几乎要把纸都划破

大学教授拿起它
好像它就长在他手上

一边抽着烟
一边用笔尖
追赶像风一样快的文思
谁知道他写的是什么

毛笔的笔头
是狼身上的毛做的
它可以像匕首
直捣敌人的心窝

钢笔的笔头
是用合金做的
它可以像绣花针
绣出彩蝶踩着颤抖的花瓣

笔所画出来的线
缠住了多少灵魂

笔所流出来的水
为多少人在哭泣

可以用它记录罪行
可以用它表彰功勋

可以撒弥天大谎
可以横扫千军

纸上人间烟火

笔底四海风云

你别看它直
它却没有灵魂

你别看它小
它可以煽起战争

我终于发现它
本身不值分文

既无意志，也无感情
就看它落在谁的手心

一九八〇年四月二十七日晨

给女雕塑家张得蒂

从你的手指流出了头发
像波浪起伏不平
前额留下岁月的艰辛

从你的手指流出了眼睛
有忧伤的眼神
嘴唇抿得紧紧

从你的手指流出了一个我
有我的呼吸
有我的体温

而我却沉默着
或许是不幸
我因你而延长了寿命

我的思念是圆的

我的思念是圆的
八月中秋的月亮
也是最亮最圆的
无论山多高、海多宽
天涯海角都能看见它
在这样的夜晚
会想起什么？

我的思念是圆的
西瓜、苹果都是圆的
团聚的人家是欢乐的
骨肉被分割是痛苦的
思念亲人的人
望着空中的明月
谁能把月饼咽下

一九八三年九月二十一日

艾 青
作 品 精 选

诗

论

诗　论

诗 论

出 发

一

真、善、美，是统一在先进人类共同意志里的三种表现，诗必须是它们之间最好的联系。

二

真是我们对于世界的认识；它给予我们对于未来的信赖。

善是社会的功利性；善的批判以人民的利益为准则。

没有离开特定范畴的人性的美；美是依附在先进人类向上的生活的外形。

三

我们的诗神是驾着纯金的三轮马车，在生活的旷野上驰骋的。

那三个轮子，闪射着同等的光芒，以同样庄严的隆隆声震响着的，就是真、善、美。

诗

一

凡是能够促使人类向上发展的，都是美的，都是善的；也都是诗的。

二

哲学抽象地思考着世界；诗则是具体地表现着世界——目的都是为了改造世界。

三

诗是由诗人对外界所引起的感觉，注入了思想感情，而凝结为形象，终于被表现出来的一种"完成"的艺术。

四

诗是诗人的世界观的最具体的表现；是诗人的创作方法的实践；是诗人的全部的知识的综合。

五

一首诗不仅使人从那里感触了它所包含的，同时还可以由它而想起一些更深更远的东西。

六

一首诗必须把真、善、美，如此和洽地融合在一起，如此自然地调协在一起，它们三者不相抵触而又互相因使自己提高而提高了另外的二种——以至于完全。

七

存在于诗里的美，是通过诗人的情感所表达出来的、人类向上精神的一种闪灼。这种闪灼犹如飞溅在黑暗里的一些火花；也犹如用凿与斧打击在岩石上所迸射的火花。

八

诗是人类向未来所寄发的信息；诗给人类以朝向理想的勇气。

九

人类的语言不绝灭，诗不绝灭。

诗的精神

一

今天的诗应该是民主精神的大胆的迈进。

二

诗的前途和民主政治的前途结合在一起。

诗的繁荣基础在民主政治的巩固上，民主政治的溃败就是诗的无望与衰退。

三

如正义的指挥刀之能组织人民的步伐，诗人的笔必须为人民精神的坚固与一致而努力。

四

诗人的行动的意义，在于把人群的愿望与意欲以及要求，化为

语言。

五

诗的宣传功能，在于使人的心理引起分化，与重新凝结；使人对于旧世界的厌恶成了习惯，和对于新世界的企望成了勇气。

六

最高的理论和宣言，常常是诗篇。

那些伟大的政治家的言论，常常为人民的权利，自然地迸发出正义的诗的语言。

七

诗人当然也渴求着一种宪法：即国家能在保障人民的面包与幸福之外，能保障艺术不受摧残。

八

宪法对于诗人比其他的人意义更为重要，因为只有保障了发言的权利，才能传达出人群的意欲与愿望；一切的进步才会可能。

压制人民的言论，是一些暴力中最残酷的暴力。

九

诗人主要的是要为了他的政治思想和生活感情，寻求形象。

十

政治诗是诗人对一个事件的宣言；是诗人企图煽起更多的人去理解那事件的一种号召；是一种对于欺蒙者的揭露，是一种对于被欺蒙者的警惕。

十一

诗是自由的使者，永远忠实地给人类以慰勉，在人类的心里，播撒对于自由的渴望与坚信的种子。

诗的声音，就是自由的声音；诗的笑，就是自由的笑。

十二

教会，贵族，布尔乔亚……已轮流地蹂躏了艺术、诗。

把诗交还给人民吧！——让它成为人民精神的武装。

十三

智慧的含苞，常常为斗争而准备开放。

美　学

一

一首诗是一个人格，必须使它崇高与完整。

二

一首诗的胜利，不仅是它所表现的思想的胜利，同时也是它的美学的胜利。——而后者，竟常被理论家们所忽略。

三

诗的进步，是人类对自己和生活环境所下的评价的进步。

四

对于新事物的肯定，就是对旧事物的否定。

五

诗比其它文学样式都更需要明朗性、简洁性、形象性。

六

在一定的规律里自由或者奔放。

七

艺术的规律是在变化里取得统一，是在参错里取得和谐，是在运动里取得均衡，是在繁杂里取得单纯、自由而自己成了约束。

八

连草鞋虫都要求着有自己的形态；每种存在物都具有一种自己独立的而又完整的形态。

九

单纯是诗人对于事象的态度的肯定，观察的正确，与在事象全体能取得统一的表现。它能引导读者对于诗得到饱满的感受和集中的理解。

十

晦涩是由于感觉的半睡眠状态产生的；晦涩常常因为对事物的观察的忸怩与退缩的缘故而产生。

十一

清新是在感觉完全清醒的场合对于世界的一种明晰的反射。

十二

不能把混沌与朦胧指为含蓄；含蓄是一种饱满的蕴藏，是子弹在枪膛里的沉默。

十三

用明确的理性去防止诗陷入纯感情的稚气里。

勇敢、果断、自我牺牲等美德之表现在一个民族或一个集团里的，常常被诗人披上罗曼谛克的斗篷是可以原谅的——但必须戒备啊！

假如这些美德不是被引导于一个善的观念，将成了怎样的一些恶行啊！

十四

所谓空虚与无聊是指那作品所留在文字上的、除掉文字之外别无他物的东西。

十五

节奏与旋律是情感与理性之间的调节，是一种奔放与约束之间的调协。

十六

格律是文字对于思想与情感的控制，是诗的防止散文的芜杂与松散的一种羁勒；但当格律已成了仅只囚禁思想与情感的刑具时，格律就成了诗的障碍与绞杀。

十七

讽刺与幽默是面对着虚伪的，而这虚伪又必须是代表不正的权力的。前者是积极的，后者是消极的。

十八

讽刺是对于被否定的事物的冷静的箭，是仅只一根的针刺，是

保卫主题的必须命中的一击。

十九

讽刺是使在习惯里麻痹了的心理引起高度的刺激。

二十

讽刺产生于诗人对他所生活的世界看出了致命的矛盾，而这矛盾又为反动的统治者竭力企图隐瞒的时候。

讽刺是人类的理性向它的破坏者的一种反击。

二十一

苦难比幸福更美。

苦难的美是由于在这阶级的社会里，人类为摆脱苦难而斗争！

二十二

悲剧是善与恶相斗争时，善的一面失败时才产生的。

悲剧使人生充满了严肃。

悲剧使人的情感圣洁化。

二十三

人类无论如何也不至于临到了一个可以离弃情感而生活的日子；既然如此，"抒情"在诗里存在，将有如"情感"之在人类中存在，——是永久的。

有人误解"抒情的"即是"感伤的"，所以有了"感伤主义"的同义语"抒情主义"的称呼。这是由于在世纪的苦闷压抑下，旧知识分子普遍地感到心理衰惫的结果。

二十四

抒情是一种饱含水分的植物。

但如今有人爱矿物，厌恶了抒情，甚至会说出："只有矿物才是物质。"

这话是天真的。

二十五

说科学可以放逐抒情，无异于说科学可以放逐生活。这是非常不科学的见解。

二十六

灵感是诗人对于外界事物的一种无比谐调、无比欢快的遇合；是诗人对于事物的禁闭的门的偶然的开启。

灵感是诗的受孕。

思　想

一

人存在，故人思想。

二

感觉只是认识的钥匙。

三

不要满足于捕捉感觉；

感觉被还原为感觉，剩下来的岂不只是感觉吗？

不要成了摄影师；诗人必须是一个能把对于外界的感受与自己的感情思想融合起来的艺术家。

四

人是最高级的动物，在眼、耳朵和鼻孔之外，还有脑子。

诗人只有丰富的感觉力是不够的，必须还有丰富的思考力，概括力，想象力。

五

对世界，我们不仅在看着，而且在思考着，而且在发言着。

六

诗必须具有一定的思想内容。

没有思想内容的诗，是纸扎的人或马。

七

诗不但教育人民应该怎样感觉，而且更应该教育人民怎样思想。

诗不仅是生活的明哲的朋友，同时也是斗争的忠实的伙伴。

八

思想力的丰富必须表现在对于事物本质的了解的热心，与对于世界以及人类命运的严肃的考虑上。

九

一切艺术的建筑物，必须建筑在坚如磐石的思想基础上。

十

宁可失败于艺术，却不要失败于思想；宁可服役于一个适合于这时代的善的观念，却不要妥协于艺术。

十一

要想的比写的多，不要写的比想的多。

十二

每天洗刷自己的头脑，为新的日子思考。

生　活

一

我生活着，故我歌唱。

二

诗的旋律，就是生活的旋律；诗的音节，就是生活的拍节。

三

愈丰富地体味了人生的，愈能产生真实的诗篇。

四

只有忠实于生活的，才说得上忠实于艺术。

五

必须了解生活的美，必须了解凡我们此刻所蒙受的一切的耻辱与不幸、迫害与困厄，即是我们诗的最真实的源泉。

六

凡心中有痛苦的，有憎恨的，有热爱的，有悲愤与冤屈的……

不要沉默！

七

所谓"体验生活"是必须有极大的努力才能成功的，决不是毫无感应地生活在里面就能成功的。

"体验生活"必须把艺术家的心理活动也溶浸在生活里面；而不是在生活里做一次"盲目飞行"。

八

诗，永远是生活的牧歌。

九

不要在脆薄的现象的冰层溜滑；须随时提醒着自己在泥泞的生活的道路上，踏着沉重的脚步，前进而不摔跤。

十

生活是艺术所由生长的最肥沃的土壤，思想与情感必须在它的底层蔓延自己的根须。

十一

生活实践是诗人在经验世界里的扩展，诗人必须在生活实践里汲取创作的源泉，把每个日子都活动在人世间的悲、喜、苦、乐、憎、爱、忧愁与愤懑里，将全部的情感都在生活里发酵、酝酿，才能从心的最深处，流出无比芬芳与浓烈的美酒。

主题与题材

一

为要表演主题有所苦恼，有如孕妇要为怀孕有所苦恼一样。

二

制胜一切的主题，使它们成为驯服：

假如是岩石，用铁锤和凿击开它；

假如是钢，用白热的火熔软它；

假如是泥土，用水调和，使它在你的手指里揉出形体；

假如是棉花，理出它的纤维，纺织它，再在它的上面，印上图案。

三

在对于题材征服上，扩大艺术世界的统治：

凡你眼睛所见的，耳朵所听的都必须组织在你思想的系统里，使它们随时等待你的调遣。

使你的感觉与思维在每一个题材袭击的时候，给以一致的搏斗，直到那题材完全屈服为止。

四

在工作中试练自己：和一切最难于处理的题材搏斗，和各种形式搏斗，和繁杂的文字与语言搏斗。

无论是虎，是蛇，是蜥蜴，是狮……必须使它们驯服在人的鞭子下。

五

"摄影主义"是一个好名词。这大概是由想象的贫弱，对于题材的取舍的没有能力所造成的现象。

浮面的描写，失去作者的主观；事象的推移，不伴随着作者心理的推移，这样的诗也就被算在新写实主义的作品里，该是令人费解的吧。

六

我们永远不能停止对于自然的歌唱，因为我们永远不会停止从自然取得财富的缘故。——这有如我们永远爱着哺育我们的母亲一样。

七

写恋爱也可以，但我们决不应该损毁女人的地位。

八

我们怎能不爱万物所由生长的自然母亲呢？

她教给我们许多的真理；

她交给我们美丽的生命，懂得爱、忧愁，以及为荣誉而欢欣，为羞辱而苦恼……

九

不要以原始人的态度赞美战争和厌恶战争；要以理性去判别战争，以理性去拥护战争和反对战争。

十

从现实生活中多多汲取题材；

从当前群众的斗争生活中汲取题材。

十一

问题不在于你写什么，而是在你怎样写，在你怎样看世界，在你从怎样的角度上看世界，在你以怎样的姿态去拥抱世界……

十二

对主题没有爱情，不会产生健康的完美的作品。

形 式

一

一定的形式包含着一定的内容。

二

由于不同的颜色与光泽，大小与形体，我们分辨着：米、麦、柿子、栗子、柚子、苹果。

由于不同的声音的高低、快慢、扬抑，我们分别着：百灵鸟的歌，夜莺的歌，杜鹃的歌，鸫的歌……和人类的歌。

三

人类的歌，这是最丰富的歌，最多变化的歌，最魅惑我们的歌，最能支配我们的歌……人类是歌者之王。

四

诗人应该为了内容而变换形式，像我们为了气候而变换服装一样。

五

应该把形式看作敌对的东西。——只有和所有的形式周旋过来的，才能支配所有的形式。

要把敌人看作难于对付的东西。——这样才能使自己沉着射击，而且才能命中。

六

不要把形式看作绝对的东西。——它是依照变动的生活内容而变动的。

七

假如是诗，无论用什么形式写出来都是诗；

假如不是诗，无论用什么形式写出来都不是诗。

八

难道能把一句最无聊的平直的话，由于重新排列而成为诗吗？

真正的诗就是混在散文里也会被发现的。

九

诗是诗，不是歌，不是小说，不是报告文学。

十

不要把叙事诗写成报告文学。现今有不少写诗的常把叙事诗写成分行排列的拖了脚韵的报告文学了。

十一

有的只是一些素材，却不是诗；

有的只是一节故事，却不是诗；

有的根本只是一篇最粗拙的报告，分行排列了，在句脚上加上一些单调的声音，却自鸣得意以为那是"长诗"。而批评家也以为那是"长诗"，而读者也以为那是"长诗"；于是我们临到了一个充满"长诗"的时代。

十二

不只是感觉的断片；

不是什么修辞学的例证；

不是一些合乎文法的句子；

不是报纸上的时论与通讯。

十三

所有文学样式，和诗最容易混淆的是歌；

应该把诗和歌分别出来，犹如应该把鸡和鸭分别出来一样。

十四

歌是比诗更属于听觉的；

诗比歌容量更大，也更深沉。

十五

不要把人家已经抛撇了的破鞋子，拖在自己的脚上走路；不要使那在他看作垃圾而你却视为至宝的人来怜恤你。

你要做一个勇于探求的——向荒僻些的地方走；

多多地耕耘，多多地采集。

十六

不要迷信形式。

路是人的脚走成的；为了多辟几条路，必须多向没有人走的地方去走。

十七

宁愿裸体，却决不要让不合身材的衣服来窒息你的呼吸。

技　术

一

一首诗必须具有一种造型美；

一首诗是一个心灵的活的雕塑。

二

没有技巧的诗人像什么呢——

没有翅膀的鸟，永远只会可怜地并着双脚急跳；

没有轮子的车辆，要人家背了它才走的。

三

摹拟是开始写作的人所不能避免的，但摹拟的目的不在像某人的作品，而是要使自己能自由地写。

有时看了一些诗，好像永远在摹拟着谁的；有时甚至很像那些批评文章所引的片断似的，零碎而不完整。

四

短诗就容易写吗？不，不能画好一张静物画的，不能画好一张大壁画。

诗无论怎样短，即使只有一行，也必须具有完整的内容。

五

有了材料和工具，有了构思，没有手法依然不能建造。

聪明的工匠应该能运用众多的手法，因材料与工具的性质而变换；却绝不应该因手法的贫困而限制了工具与损坏了材料。

六

不要把诗写成谜语；

不要使读者因你的表现的不充分与不明确而误解是艰深。

把诗写得容易使人家看懂，是诗人的义务。

七

诗人应该有和镜子一样迅速而确定的感觉能力，——而且更应该有如画家一样的渗合自己情感的构图。

八

为了避免芜杂与零乱，必须勇敢地舍弃。

不要把诗写成发票，或是账单，或是地图的说明、统计表和物产的调查表。

九

适度地慷慨，适度地吝啬。

十

比起科学来，艺术的技术是可怜的落后的。

一个水雷壳皮的制造，如果有一千三百分之一英寸的错误，就会招致危险；而在艺术里把猫画成狗是随处都可以发现的。

十一

用诗来代替论文或纪事文是不能胜任的。

不要逼迫它和论文、纪事文和报道文赛嘴。

让它说一点由衷的话，说多少就多少……

每个字应该是诗人脉搏的一次跳动。

十二

但是——

有的人写诗像在画符咒；

有的人写诗像在挤脓；

有的人写诗像在屙痢疾……

十三

尽可能地紧密与简缩，——像炸弹用无比坚硬的外壳包住暴躁的炸药。

十四

不要故意铺张，——像那些没有道德的商人，在一磅牛奶里冲进一磅开水。

十五

一个作家的审美能力是最容易被发现于他的作品里的：

当他选取题材的时候；

当他虽竭力想隐瞒，但终于无意地流露了他对于一些事物的意见的时候；

当他对于文字的颜色与声音需要调节的时候；

我们就了如指掌地看见了作者的修养。

十六

诗人在这样的时候，显出了他的艺术修养：

即除了他所写的事物给以明确的轮廓之外，还能使人感到有种颜色或声音和那作品不可分离地融洽在一起。

我们知道，很多作品是有显然的颜色的，同时也是有可以听见的声音的。

十七

当你们写的时候已感到勉强时，人家拿你的作品读的时候一定更勉强的。

十八

写诗有什么秘诀呢？

——用正直而天真的眼看着世界，把你所理解的，所感觉的，用朴素的形象的语言表达出来。

不这样将永远写不出好诗来。

十九

对于这民族解放的战争，诗人是应该交付出最真挚的爱和最大的创作雄心的。为了这样，我们应该羞愧于浮泛的叫喊，无力的叫喊。

二十

诗人必须首先是美好的散文家。

但我们的诗坛却有许多从散文阵营里退却了的，或是败北了的文学的败兵！

二十一

在艺术生产的历史里，技术一样是发展生产的主要因素之一；而技术的发达，常常和人类全部的生产发生着关系是无疑的。我们必须重视技术，有如一切的生产部门里技术之被重视一样：为了完成我们一个情感思想的建造，我们必须很丰裕地运用我们的技术，更应该无限制地提高和推广我们的技术。

二十二

艺术家的创作过程，和其他的劳动者是一样艰苦的。

他必须把自己全部的感应去感应那对象，他必须用社会学的、经济学的钢锤去锤炼那对象，他必须为那对象在自己心里起火，把自己的情感燃烧起来，再拿这火去熔化那对象，使它能在那激动着皮链与钢轮的机器——写作——里凝结一种形态，最后再交付给一个严酷而冷静的技师——美学去受检验，如此完成了出品。

二十三

有如生产技术的进步之能促进人类文化一样，诗人写作技术的进步也一定地促进了诗人对于世界认识的进步。

形　象

一

形象是文学艺术的开始。

二

愈是具体的，愈是形象的；愈是抽象的，愈是概念的。

三

诗人必须比一般人更具体地把握事物的外形与本质。

四

形象塑造的过程，就是诗人认识现实的过程。

五

诗人愈能给事物以联系的思考与观察，愈能产生活的形象；诗人使各种分离着的事物寻找到形象的联系。

六

诗人一面形象地理解世界，一面又借助于形象向人解说世界；诗人理解世界的深度，就表现在他所创造的形象的明确度上。

七

诗人愈经验了丰富的生活，愈能产生丰富的形象。

八

所谓形象化是一切事物从抽象渡到具体的桥梁。

九

形象孵育了一切的艺术手法：意象、象征、想象、联想……使宇宙万物在诗人的眼前互相呼应。

意象、象征、联想、想象及其他

一

诗人的脑子对世界永远发生一种磁力：它不息地把许多事物的意象、想象、象征、联想……集中起来，组织起来。

二

意象是从感觉到感觉的一些蜕化。

三

意象是纯感官的，意象是具体化了的感觉。

四

意象是诗人从感觉向他所采取的材料的拥抱，是诗人使人唤醒感官向题材的迫近。

五

意象：
翻飞在花丛，在草间，
在泥沙的浅黄的路上，
在静寂而又炎热的阳光中……
它是蝴蝶——
当它终于被捉住，
而拍动翅膀之后，
真实的形体与璀璨的颜色，
伏贴在雪白的纸上。

六

联想是由事物唤起的类似的记忆；

联想是经验与经验的呼应。

七

想象是经验向未知之出发；

想象是由此岸向彼岸的张帆远举，是经验的重新组织；

想象是思维织成的锦彩。

八

想象与联想是情绪的推移，由这一事物到那一事物的飞翔。

九

有了联想与想象，诗才不致窒死在狭窄的空间与局促的时间里。

十

调子是文字的声音与色彩、快与慢、浓与淡之间的变化与和谐。

十一

意境是诗人对于情景的感兴；是诗人的心与客观世界的契合。

十二

象征是事物的影射；是事物互相间的借喻，是真理的暗示和
譬比。

语　言

一

诗是语言的艺术；语言是诗的元素。

二

诗是艺术的语言——最高的语言、最纯粹的语言。

三

诗的创作上的问题，语言是最重要的问题之一。诗人必须为创造语言而有所冒险，——一如采珠者之为了采摘珍珠而挣扎在海藻的纠缠里，深沉到万丈的海底。

四

没有比生活本身和大自然本身更丰富的储藏室了；
要使语言丰富，必须睁开你的眼睛：凝视生活，凝视大自然。

五

丰富的语言，是由丰富的生活经验产生的。
一个诗人的语言贫乏，就由于他不会体验生活。而语言贫乏是诗人的最大的失败。

六

语言陈列在诗人的脑子里，有如菜蔬与果子陈列在市集的广场上，各以不同的性质与形式，等待着需要与选择。

七

从自然取得语言丰富的变化，不要被那些腐朽的格调压碎了我们鲜活的形象。

八

艺术的语言，是饱含情绪的语言，是饱含思想的语言。
艺术的语言，是技巧的语言。

九

较永久的语言，不受单一的事物所限制的语言，是形象化了的语言，也就是诗的语言。

十

诗的语言必须饱含思想与情感；语言里面也必须富有暗示性和启示性。

十一

语言的机能，在于把人群的愿望、意欲和要求，用看不见的线维系在一起，化为力量。

十二

反驳的语言，是诗人向被否定的一面所提出的良心的质问。

十三

启示的语言，以最平凡的外形，蕴蓄着深刻的真理。

十四

简约的语言，以最省略的文字而能唤起一个具体的事象、或是

丰富的感情与思想的，是诗的语言。

十五

明朗的语言，使语言给思想与情感完全的裸体，这场合，必须思想与情感都是健康而美的，她们的裸露才能给人以蛊惑（我们知道：一个萎缩了的女体，任何锦缎对于她都是徒劳的）。

十六

诗人必须有鉴别语言的能力：诙谐的，反驳的，暗射的，直率的，以及善意的和恶意的……一如画家之鉴别唤起各种不同的反应的色彩一样；

语言丰富的人，能以准确而调和的色彩描画生活。

十七

语言必须在诗人的脑子里经过调匀，如色彩必须在画家的调色板上调匀。

不要在你的画面上浮上了原色，它常常因生硬与刺眼而破坏了画面上应有的调和。

十八

字与字、词与词、句子与句子，诗人要具有衡量它们轻重的能力。——要知道它们之间的比重，才能使它们在一个重心里运动，而且前进……

失去重心的车辆是要颠扑的。

十九

深厚博大的思想，通过最浅显的语言表演出来，才是最理想的诗。

二十

最富于自然性的语言是口语。

尽可能地用口语写，尽可能地做到"深入浅出"。

二十一

一首好诗，必须使每个看它的人，通过语言，都得到他所能了解的益处。

道　德

一

不要采摘没有成熟的果子。

二

写作必须在不写就要引起无限悔恨与懊丧的时候来开始，不然的话，你所写的东西是要引起无限的悔恨与懊丧的。

三

我们写作，目的是在使我们的原是在我们脑际流动的思想，和在心中汹涌的情感，固定在文字上，因这些思想和情感常常是闪现一次，就迅即消逝的。

四

诗的情感的真挚是诗人对于读者的尊敬与信任。诗人当他把自己隐秘在胸中的悲喜向外倾诉的时候，他只是努力以自己的忠实来换取读者的忠实。

五

诗与伪善是绝缘的。诗人一接触到伪善，他的诗就失败了。

服　役

一

到世界上来，首先我们是人，再呢，我们写着诗。

二

人类通过诗人的眼凝望着世界；

人类以诗人的眼感受了：美与丑，善与恶，欢乐与悲苦，长生与死灭……诸形象。

三

天良未泯而觉醒于正义的人，真应该如何给以呼号，给以控诉啊。

四

在我们生活着的岁月，应该勇猛地向暴君、寄生者、伪君子们射击。——因为这些东西存在着一天，人类就受难着一天。

五

个人的痛苦与欢乐，必须融合在时代的痛苦与欢乐里；时代的痛苦与欢乐也必须糅合在个人的痛苦与欢乐中。

六

诗人的"我"，很少场合是指他自己的。大多数的场合，诗人应该借"我"来传达一个时代的感情与愿望。

七

为名而写作的,比为艺术而艺术的还自私。

八

不要把"美"放逐到娼妇的地位,赎还她,使她为人类正在努力着的事业而勤奋地服役吧。

九

把艺术从贵妇人的尊严里解放出来,鼓舞她,在一切的时代为人类向上的努力而奋发起来。

十

为的是什么啊——

假如不把人类身上的疮痍指给人类看;假如不把隐伏在万人心里的意愿提示出来;假如不把美的思想教给人们;假如不告诉绝望在今天的人还有明天……

为的是什么啊?

十一

人类不仅应该为现在而忙碌,而且更应该为将来而忙碌。

十二

人生有限。

所以我们必须讲真话。——在我们生活的时代里,随时用执拗的语言,提醒着:人类过的是怎样的生活。

十三

必须把人类合理生活之建立的可能，成为我们最坚固的观念，而且一切都由这出发又归还到它里面。

十四

我们和旧世界之间的对立，不仅是思想的对立，而且也是感觉与情感上的对立。

十五

具有信仰的虔诚，对人世怀着热望，对艺术怀着挚爱，在生活着的日子，忠实地或是恳切地，也或是倔强地、勇敢地说着话语，即使不是诗的形式也是诗。

十六

高尚的意志与纯洁的灵魂，常常比美的形式与雕琢的词句，更深刻而长久地令人感动。

十七

地球本来是圆的，而且是动的；然而第一个说这话的人被处死了。但地球依旧是圆的，而且是动的。这是真理。

真理是平易却又隐蔽在事物的内里的；真理是依附在大众一起而又不易为大众所知的。诗也和科学一样，必须有勇气向大众揭示真理。

十八

诗人的发展，是从"感情人"到"行动人"的发展。

十九

精神的劳役者，以人民的希冀为自己的重负，向理想的彼岸运行。

二十

在这苦难被我们所熟悉，幸福被我们所陌生的时代，好像只有把苦难能喊叫出来是最幸福的事；因为我们知道，哑巴是比我们更苦的。

二十一

一切都为了将来，一切都为了将来大家能好好地活，就是目前受苦、战争、饥饿以至于死亡，都为了实现一个始终闪耀在大家心里的理想。

二十二

叫一个生活在这年代的忠实的灵魂不忧郁，这有如叫一个辗转在泥色的梦里的农夫不忧郁，是一样的属于天真的一种奢望。

二十三

把忧郁与悲哀，看成一种力！把弥漫在广大的土地上的渴望、不平、愤懑……集合拢来，浓密如乌云，沉重地移行在地面上……
伫望暴风雨来卷带了这一切，扫荡这整个古老的世界吧！

二十四

被赞美着，又被误解着，或是被非难着，该是诗的普遍的命运：因为今天的人类，还远远没有在生活和爱好上取得一致的缘故。

二十五

生命是可感激的：因为活着可以做多少有意义的事啊！

二十六

所谓命运，只不过是旧的社会环境对于人的限制，能突破这种限制的人，是勇者，是胜利者。

二十七

对一个献身给人类改造事业的诗人的诗，强调了对他的艺术的关心而忽视了他的内容，或者肯定他的艺术而否定他的内容，这是对于诗人的最大的亵渎。——因为他早已把艺术看成第二义的东西了。

二十八

诗人和革命者，同样是悲天悯人者，而且他们又同样把这种悲天悯人的思想化为行动的人——每个大时代来临的时候，他们必携手如兄弟。

创　造

一

人类依着自己的需要与心愿，创造着生活：劳动、科学、艺术、道德……

二

诗人创造诗，即是给人类的诸般生活以审视、批判、诱发、警惕、鼓舞、赞扬……

三

诗人的劳役是：为新的现实创造新的形象；为新的主题创造新的形式；为新的形式与新的形象创造新的语言。

四

为了新的主题完成了新的形象的塑造，完成了新的语言的锻炼，完成了新的风格，即是完成了诗人的对于人类前进事业所负有的职责。

对于诗人，这些事是最重要的，因为这些事对于诗人是最适宜的，也是最不容推诿的。

五

在创作的过程中发展自己，使自己在对于主题的固定、形象的鲜活、语言的明确的努力中迫近真理。

六

诗人在变化着的世界当中，努力给世界以新的认识时，产生了新的形象、新的语言。

七

新的风格，是在对于新的现实有了美学上的新的肯定时产生的。

八

一个伟大的诗人，他不仅在题材所触及的范围上有广泛的处理，同时在表现的手法以及风格的变化上有丰富的运用。

九

存在于我们之间的艺术上的难关，岂不是常常和存在于将军们之间的军事上的难关一样严重吗？而当我们为了克服那些难关时所花的思虑，岂不是也和他们的一样深刻吗？

为了完成一定的艺术上的计划时，我们岂不是常常和一个将军为了完成一定的军事计划一样地勇敢而苦恼着吗？

十

在万象中，"抛弃着，拣取着，拼凑着"，选择与自己的情感与思想能糅合的，塑造形体。

十一

语汇丰富是由生活经验和知识的丰富来的；

创造力的健旺是由对世界的感应的强烈和对人类关心的密切，以及对事物思索的深刻与宽阔而来的。

十二

只有通过长期忍耐的孕育，与临盆的全身痉挛状态的痛苦，才会得到婴孩诞生时的母性的崇高的喜悦。

十三

严肃地工作，无休止地工作，随时都准备着祝贺自己的新的发现；只有那每次新的完成所带来的欢喜，和它所带给社会的影响，才能真正地而且崇高地安慰你。

十四

渴求着"完整"，渴求着"至美，至善，至真实"，因而把生命投到创造的烈焰里。

十五

不曾经历过创作过程的痛苦的，不会经历创作完成时的喜悦。创造的喜悦，是最高的喜悦。

十六

在新的社会里，创造的道德将被无限制地发扬。

爱工作，爱创造，将是人类的美德，它们将引导人类向"无限"航行……

十七

人类的历史，延续在不断的创造里。

人类的文化，因不断的创造而辉煌。

我们创造着，生活着；生活着，创造着；生活与创造是我们生命的两个轮子。

一九三八年——一九三九年

诗与时代

　　如果一个诗人还有着像平常人相同的感官的话（更不必说他的感官是应该比平常人更灵敏的），他生活在中国，是应该知道中国正在进行着怎样伟大的事件的。如果他有眼睛，他会看见发生在他的国家里的和平的刽子手的一切暴行；他有耳朵，他会听见没有一刻不在震响的蒙难者的哀号与反抗者的呼啸；他有鼻子，他会闻到牺牲者的尸体的腐臭与浓重的硝烟气息……

　　如果一个诗人还有着与平常人相同的心的话（更不必说他的心是应该比平常人更善感触的），如果他的血还温热，他的呼吸还不曾断绝，他还有憎与爱，羞耻与尊严，他生活在中国，是应该被这与民族命运相连结的事件所激动的。他会对那在神圣的疆土上英勇搏斗的千百万兵士引起敬意，他会对那些领导着广大人民参加卫国战争的领袖们引起敬意，他会比一切个人的仇恨更深地去仇恨民族的敌人，他会比一切个人的爱更深地去爱苦难中的祖国和从水深火热中挣扎起来的中国人民……

　　在这战争中，中国人民是觉醒了；一切的束缚，无止的愚蠢与贫困，频连的灾难与饥荒，必须通过这酷烈的斗争才能解除。国家的独立，和人民的自由、幸福，不是由于祈祷获得的，而是由于广大人民的鲜血，和一片被蹂躏得糜烂了的土地所换取来的。现代中国的建设的基础不是奠定在空想与梦幻的沙滩上，而是奠定在它的人民的英勇牺牲所表现出来的意志的花岗岩上的。中国人民之将会有面包与教养的日子，也必须通过战争才能得到保证。这是真理，是每个谋解放的中国人民所应该把握的信心，没有这样信心的人，是不可能理解战争的。不能理解这战争，又如何能理解时代的精神呢？

我们已临到了可以接受诗人们的最大的创作雄心的时代了。我们的时代，已能担待那能庄严地审判它的最高的才智了。退一百步说，每个日子所带给我们的启示、感受和激动，都在迫使诗人丰富地产生属于这时代的诗篇。这伟大而独特的时代，正在期待着、剔选着属于它自己的伟大而独特的诗人。这样的诗人，不是成长在灰暗的研究室和环垂着紫色帐子的客厅里；对于这样的诗人的预约，也决不会落在那受着帝国主义奴化教养而不可一世地自矜着的教授的和不可能从百科全书的破烂的网缕间挣脱出来的大学生的身上。属于这伟大和独特的时代的诗人，必须以最大的宽度献身给时代，领受每个日子的苦难像是那些传教士之领受迫害一样的自然，以自己诚挚的心沉浸在万人的悲欢、憎爱与愿望当中。他们（这时代的诗人们）的创作意欲是伸展在人类的向着明日发出的愿望面前的。唯有最不拂逆这人类的共同意志的诗人，才会被今日的人类所崇敬，被明日的人类所追怀。当然，这样的诗人现在还没有出现，不过，即使出现了，也不会被那些假装的绅士、自炫的教授和稚气而傲慢的遗少们所能理解的。诗人本身更不会由于那些人的理解而感到什么光荣的。

一个写诗的人（我依然不知道应否把那些专门堆砌着枯死的文字的人称为"诗人"；为了我尊重那些真正曾创造了"时代的诗情"的和现在还在创造着"时代的诗情"的"诗人"们，我只能对那些衰老在萎谢了的词藻里的写诗的人称之为"写诗的人"），专门写着狭窄得可笑的个人的情感的东西称为那才是"诗"，又疲惫地拖住一种形式作为那是诗的唯一的形式，更有甚于此者，竟会自满那种迂腐的见解，说那样的东西才是"真正文学的诗"，这究竟是可悲的

现象。

诗，不外是语言的艺术。人类的语言，是由人类的生活情感所由发出的。人类的生活每天都在突飞猛进中，作为表达生活的工具的语言，当然也每天都在变化进步中。这是一种最低限度的常识，没有这常识的人，无论他曾写过多少年的诗，或将还要写多少年的诗，也不过是像一头被蒙了眼的驴子，绕着磨床兜圈子，而自以为是在走着无数的路一样。

同样，诗的形式，也是随着人类生活的变动而变动的。人类永远在剔选使自己舒适、为自己爱好的外衣；诗的语言也永远在剔选适合自己的外衣。"各个年代和各个人事的变换，用它们自己所爱好的颜色，在你的脸上加彩涂抹"（引自拙作《巴黎》）。各种形式都紧抱了那藏在它们里面的内容，向人类无限广阔的创造的苍穹伸长，夸耀人类自己的智慧与能力。今天，再愚蠢不过的乡下女人，也不会说只有梳了发髻和缠了脚的女人才是真正的女人。当她们看见了女人可以剪发，可以保持天足，而这样更适合于生理的发展，因此，美学地说，也更能令人激起由于平均发育的健康而激起的喜爱之情，那些留有发髻与缠了脚的女人，一定要惊醒过来，对自己的那种萎缩与丑陋的样子引起嫌恶的。如果能力允许她们也可以剪发和放足而竟不做的话，我想不是由于她们愚蠢、顽固与懦怯，就是她们多少是有点神经病了。

中国新诗，随着中国社会的变动与发展而变动与发展着，而且也将随着中国社会变动与发展下去。如果所谓"时代"不是一个空洞的漂亮名词（因为有些人爱用漂亮名词，他们常常是连所写出的那些名词所含有的具体的东西是什么都不曾想起过的），我们正不妨把划分出中国社会在这二十年中间所曾激起的变动，来划分中国新诗在这二十年中的几个阶段。

中国新诗，是和中国的革命文学在同一起点上开始它们的历程的。中国新诗，在它作为中国的新文学样式之一的意义上，它和新文学的其他样式同样地，被作为中国革命的语言而提供出来。"五四"时代的许多在今日作为古典作品而保留下来的诗篇，在那广泛的人道主义的思想上，明显地反映了民主政体之迫切要求；众多的热情泛滥的情诗之产生，也只能从企图打破封建的婚姻制度这一意义上得到解释。"五卅"时代的呐喊，强烈地抒发了被帝国主义者与军阀残害的中国人民的悲愤与怨言。"九一八"与"一·二八"相继而来（啊，自以为在写着"真正文学的诗"的人真是何等幸福！他们说"七七"事件来得"奇突"），诗人们在这辛酷的现实面前选取了两条路：一些诗人是更英勇地投身到革命生活中去，在时代之阴暗的底层与艰苦的斗争中从事创作。他们的最高要求，就在如何能更真实地反映出今日中国的黑暗的现实；另一些诗人，则从这历史的苦闷里闪避过去，专心致志于一切奇瑰的形式之制造和外国的技巧的移植上。"七七""八一三"这两个事件爆发，诗人首先被这伟火的历史变动所感动，以巨火的弦音抒出了民族求生存的愿望与争解放的狂喜。

从抗战发生以来，新诗的收获，决不比文学的其他形式少些。我们已看到了不少的优秀作品，那些作品主题的明确性，技巧的圆熟，是标志了新诗发展之一定程序的。那些作品，无论在它们的对于现实刻画的深度上、文学风格的高度上，和作者在那上面所安置的意欲之宽阔上，都是超越了以前的新诗所曾到达的成就的。

我常常听到人家说起，某某人反对"抗战诗"，某某人说"抗战诗"是"八股"，某某人说"我不写'抗战诗'"，等等。在这里，我不想给"抗战诗"下一种容易被误解为给它辩护的界说，我只要指明，诗人能忠实于自己所生活的时代是应该的。最伟大的诗人，永远是他所生活的时代的最忠实的代言人；最高的艺术品，永远是产生它的时代的情感、风尚、趣味等等之最真实的记录。抗战在今天的中国，在今天的世界，都是最大的事件，不论诗人对于这事件的态度如何，假如诗人尚有感官的话，他总不能隐瞒这事件之

触目惊心的存在。我永远希望诗人们能忠实于自己的世界观，假如他是一个勇敢的艺术家，他正不妨写出对这事件之藏在他心里的不同见解，他所把握的在他认为是真理的东西。不要忘记在诗的历史里，诗人为了忠实于自己的世界观而遭受放逐、监禁、绑赴断头台的英勇的记载啊！没有一种权力能命令诗人为他去歌颂的。在今天，诗人置身于这两种势力相斗争的事件里面，他应该有权利披露他的意见，拥护哪一面，勇敢地说来——在这还不曾分出胜负的日子！但是，千万不要卑怯地隐瞒了自己心中的见解，却又躲在文学的幌子后面含糊地来否认人家的见解。

至于说"抗战诗"怎样幼稚，怎样充满"标语口号"，怎样只是"八股"，怎样只是"粗暴的叫喊"，却都是一种稚拙的战略。因为，抗战以来，诗的产量虽很丰富，像他们指责的如此这般的缺点，始终是少数。我所熟识的许多诗人，他们写诗的时候，努力避免的就是这些缺点；他们所发表出来的诗篇，除了极偶然的必要场合夹进几个比较现成的政治术语之外，都是以丰富的形象和朴素的语言，使我深深感佩的。这些诗篇，决不会由于一两个文学绅士之流的否定就不再存在；反之，他们的这些诗篇，因为产生于祖国的苦难中，将和祖国的命运共存亡。

中国新诗，从"五四"时期的初创的幼稚与浅薄，进到中国古代诗词和西洋格律诗的摹拟，再进到欧美现代诗诸流派之热中的仿制，现在已慢慢地走上了可以稳定地发展下去的阶段了。目前中国新诗的主流，是以自由的、素朴的语言，加上明显的节奏和大致相近的脚韵，作为形式；内容则以丰富的现实的紧密而深刻的观照，冲荡了一切个人病弱的唏嘘，与对于世界之苍白的凝视。它们已在中国的斗争生活中起了积极的作用。

另外却也有着一些写诗的人，作为中国人是应该羞愧的。他们不愿意想起中国的经历了半个世纪的被帝国主义宰割的痛苦，他们也不会感到今天能抵御强暴、争取和平与幸福的民族战争的光荣。

他们生活在个人的小天地里，舒适与平安把他们和大多数的中国人民隔开了；而他们的佯作有教养的样子，与傲慢的绅士派头，使他们失去了人与人之间应有的同情。但是，现实是可怕的，今日人家的不幸，谁能担保明日不会降落到自己身上呢？没有一个中国人（除非是汉奸）能自外于这全民族求解放的斗争的，这是中国人应有的最起码的觉醒，假如他们连这起码的觉醒都没有，假如他们连人与人之间的起码的恻隐之心都没有，其他一切又何必谈呢？

一九三九年七月

诗与宣传

　　文学是人类精神活动方向之一；人类借它"反映""批判""创造"自己的生活。它永远不可能逃遁它对生活所发生的作用。它应该植根在生活里——生活是一切艺术的最肥沃的土壤。

　　诗，如一般所说，是文学的峰顶，是文学的最高样式。它能比其他的文学样式更高地、更深地或者更自由地表现人类的全般生活和存在于生活里的全般的意欲。它对人类生活所能发生的作用也更强烈——甚至难以违抗。某些杰出的诗作里所传出的深沉的声音，萦绕在我们的记忆里多么久远啊……那些声音，常常在我们困苦时给我们以人世的温暖，孤寂时给我们以友情的亲切。我们生活得不卑污，不下流，我们始终挺立在世界上，也常常由于那些声音在我们危厄时唤醒我们的灵魂啊。

　　对于诗的评论，不应该偏重在：它怎样排列整齐，怎样文字充满雕琢与铺饰，怎样声音叮咚如雨天的檐溜，等等；却应该偏重在：它怎样以真挚的语言与新鲜的形象表达了人的愿望，生的悲与喜，由暗淡的命运发出的希望的光辉，和崇高的意志，等等。

　　诗，不是诗人对于世界的盲目的无力的观望，也不是诗人对于一切时代所遗留的形式之卑贱的屈膝；不是术士的咒语与卖艺者的喝叫，也不是桃符与焚化给死者的纸钱。诗，必须是诗人和诗人所代表的人群之对于世界的感情与思想的具体的传达和为了适应这传达的新的形式之不断的创造。诗，应该尽最大限度的可能去汲取生活的源泉。

人类生活是丰富的，繁杂的。诗人生活在人类社会里，呼吸在人群的欢喜与悲哀里，他必须通过他的心，以明澈的观照去划分这丰富与繁杂的生活成为两面：美与丑，德性与恶行；他会给一面以爱情，给另一面以憎恨。不管诗人如何看世界，如何解释世界，不管诗人采用怎样的言语，隐蔽的也好，显露的也好，他的作品，归根结底总是表白了他自己和他所代表的人群的意见的。

因此，任何艺术，从它最根本的意义说，都是宣传；也只有不叛离"宣传"，艺术才得到了它的社会价值。

创作的目的，是作者把自己的情感、意欲、思想凝固成为形象，通过"发表"这一手段而传达给读者与观众，使读者与观众被作者的情感、意欲、思想所感染、所影响、所支配。这种由感染、影响，而达到支配的那隐在作品里的力量，就是宣传的力量。

发表是诗人与读者之间的桥梁，这桥梁由艺术的此岸达到政治的彼岸。诗人通过发表才能组织自己的读者，像那些英雄之组织自己的拥护者一样。发表是诗人用以获取宣传的效果的一种手段。

当诗人把他的作品提供给读者，即是诗人把他的对于他所写的事物的意见提供给读者，他的目的也即是希望读者对于他所提供的意见能引起共鸣。没有一个诗人是单纯为发表作品而写诗的，但他却不能否认他是为了发表意见而写诗。

因此，一个诗人，无论他装得怎样贞操，或者竭力说他的那种创作精神如何纯洁，当他把他的作品发表了，我们却永远只能从那作品所带给人类社会的影响（也包括那作品之对于全部艺术的影响）去下评判，就像我们看任何一个已出嫁了的女人之不再是处女一样；任何作品都不能而且也不应该推辞自己之对于社会的影响，就像任何女人都不能而且也不应该推辞那神圣的繁殖之生育的义务一样。

不要把宣传单纯理解为那些情感之浮泛的刺激，或是政治概念之普遍的灌输；艺术的宣传作用比这些更深刻，更自然，更永久而

又难于消泯。如果说一种哲学精神的刺激能从理智去变更人们的世界观，则艺术却能更具体地改变人们对于他们所生活、所呼吸的世界一切事物之憎与爱的感情。读者对于自己所信任的诗人所给予他们的影响，常常是如此地张臂欢迎。我们在自己生活周围，对于某些典型引起尊敬，对于某些行为引起爱慕；而对于另外的一些典型引起嫌恶，另外的一些行为引起卑视，岂不就是由于艺术家们给我们的披示而更加显得明确吗？

宣传不只是政治目的的直接反映，不只是粗率的感情之一致的笼络，也不只是戏剧性的效果之急亟的获取；一件高贵的艺术品，一篇完美的小说，一首诚挚的诗，如果能使人们对于旧事物引起怀疑，对于新事物引起喜爱，对于不合理的现状引起不安，对于未来引起向往；因而使人们有了分化、有了变动、有了重新组织的要求，有了抗争的热望，这一切，岂不就是最明显的宣传力量吗？

中国抗战是今天世界的最大事件，这一事件的发展与结果，是与地球上四万万人的命运相关的，不，是与全人类的命运相关的。而中国人之能享受人所应有的权利或是永远被人奴役与宰割，将完全被决定在这次"抗战"的胜败上。诗人，永远是正义与人性的维护者，他生活在今日的世界上，应该采取一种明确的态度：即他会对于一个挣扎在苦难中的民族寄以崇高的同情吧？诗神如带给他以启示，他将也会以抚慰创痛的心情，为这民族的英勇斗争发出赞颂，为这民族的光荣前途发出至诚的祝祷吧？

我们，是悲苦的种族之最悲苦的一代，多少年月积压下来的耻辱与愤恨，将都在我们这一代来清算。我们是担待了历史的多重使命的。不错，我们写诗；但是，我们首先却更应该知道自己是"中国人"。我们写诗，是作为一个悲苦的种族争取解放、摆脱枷锁的歌手而写诗。诗与自由，是我们生命的两种最可贵的东西，只有今日的中国诗人最能了解它们的价值。

诗，由于时代所赋予的任务，它的主题改变了：一切个人的哀叹，与自得的小欢喜，已是多余的了；诗人不再沉湎于空虚的遐想里了；对于花、月、女人等等的赞美，诗人已感到羞愧了；个人主义的英雄也失去尊敬了。

新的现实所产生的一切新的事物，带来了新的歌唱，作为中国新诗新的主题的应该是：这无比英勇的反侵略的战争，和与这战争相关联的一切思想与行动；侵略者的残暴与反抗者的勇猛；产生于这伟大时代的英雄人物；民主世界之保卫，人类向明日的世界所伸引的希望；等等。

人类世界将会有一日到达新的理想：那种横亘于几千年历史里的原始性的屠杀，国家与国家之间的战争，是会消灭的；全人类的智力与体力都在对于自然之更广大的利用与克服上显出力量来；而且，人类将会无限地发挥自己艺术的创造力，而所有的努力也将会专心在如何以增加万人的愉悦；这样的声音，已经召唤在我们这时代的最忠实的诗人的愿望中了。

但是，现在却是悲惨而又凄苦的一些岁月向我们流来。我们每天所过的生活都像是被压倒在一个难于挣脱的梦魇里，我们连呼吸都感到困难……中国实在太艰苦了，它正和四面八方所加给它的危害相搏斗。贪婪的旧世界想把它牺牲给法西斯的强盗们——以四万万的生命去喂养那些胸口长毛却又穿着燕尾服的军火商和军阀啊！以几千年来都是属于我们自己祖先的这国土，给那些手里握着血刃的残暴者去践踏，并且将由他们来奴役我们和我们的无数的未来者啊！

诗人们，起来！不要逃避这历史的重责！以我们的生命作为担保，英勇地和丑恶与黑暗、无耻与暴虐、疯狂与兽性作斗争！

在今天，无论诗人是怎样企图把自己搁在这一切相对立的关系之外，他的作品都起着或正或反的作用，谁淡漠了这震撼全世界的正义的战争，谁就承认了、帮助了侵略者的暴行。

有良心的不应该缄默。用我们诗篇里那种依附于真理的力量，

去摧毁那些陈腐的世界的渣滓！而我们的作品的健康与太阳一样的爽朗的精神，和那些靡弱的、萎颓的、瘫软的声音相对立的时候，也是必然会取得美学上的胜利的。

一九三九年八月九日

谈 诗

根据大家提出的问题，归纳一下，分为五个部分，谈一点个人对诗的看法。

一、诗的认识

有人把写诗看得很神秘。我看，世界上没有任何神秘的东西，假如说这个东西神秘，那是因为对它没有认识清楚。

什么工作都可以做好，什么工作都可以做坏。写诗也不例外。

不是所有写诗的人都能写出好诗来，最优秀的诗人也可能写出很失败的东西。这样看，可以打破一些迷信观念。

前几天听到《长春》杂志的一位编辑说：有人认为发议论的不是诗。这就是说，诗里面不能容纳概念，只要有概念的词句出现在诗里，那个作品就是概念化的。

概念是思想的表现形式之一，是抽象的表现思想。允许不允许抽象的表现思想呢？我认为是允许的。

有的议论是诗，有的议论不是诗。

并不是诗里都应该排斥概念，也并不是任何一首诗里都必须要放概念，有的可以直接用概念来表现，有的可以用别的什么方法来表现。问题在于安排得好不好，表现得好不好。所谓好不好，下面会讲到。

最近在考虑这个问题：一般说文学艺术是形象思维，社会科学

一类的东西是逻辑思维。我看形象思维和逻辑思维并不是相对立的东西，只是表现思维的方式不一样。文学中的形象思维是有逻辑思维的基础的。我找这个房子的比喻时，总是先对这个房子有明确的概念。连房子也没有看见过，又怎么找房子的比喻呢？再如"人面桃花"，两个东西完全不相干，但在红的色泽这一点上还是相一致的。说这个扩音器像某某人的脸，这就比较困难；说我的脸像烟灰缸，那就什么联系都没有了。所以可以这样说，在文学中，逻辑思维是要通过形象思维来进行的。

有的议论是诗，当然不一定成为很好的诗；同样的，形象思维的东西也不一定成为很好的诗。形象只是一种方法，一种手段。

莎士比亚写道：

> 这个英国从不会，也永不会
> 躺在一个骄傲的征服者的脚下
> ……
> 让全世界来进攻吧，
> 我们会吓坏他们。
> 谁都不能使我们垂头丧气，
> 如果英国信赖自己。

这是诗，而几乎全是议论。马雅可夫斯基和聂鲁达都有议论。议论得好也能成为诗。

我们也常常从很多漂亮的论文里面发现诗。马雅可夫斯基说："《共产党宣言》是最好的诗。"

关于风景诗。

虽然风景不变，但人对风景的看法变了。

古代人写泰山和现代人写泰山应该不一样，虽然泰山还是那个泰山。今天的诗人写三峡，应该同李白写的三峡有区别。如果没有写出自己看三峡的新的东西，那就不要写，多印几份李白写三峡的诗就行了，因为这一点上，我敢保险你绝写不过李白的。但你如果写了自己的东西，而李白没有办法，你是你，他是他。

要老老实实地写自己的看法，不要抄人家的。我为什么对中国画发表意见，因为我反对他们抄人家的。那些老先生们不服，他们仍要坚决勇敢地抄下去。但我也不服，我仍要反对这样抄下去。

关于爱情诗。

有一个要求，使它有区别于古代的情诗。让人看出这是二十世纪一个中国人在那里写，不要被人看成雪莱在那里写，或者李易安在那里写。

也不要成为都是依萨可夫斯基式的情诗，中国人的表现方式应该同他们的不一样。

写中国自己的，也不一定要从民歌里面去抄来。要写出你的感觉。也是《长春》的编辑告诉我，他们那儿有人认为爱情诗得有个规格，比如说辫子要两根才可爱，一根就不可爱了；眼睛要大，小了就不可爱了；眉毛要弯，直了就不可爱了。这是抄来的。

什么是庸俗的爱情诗？从人家那里抄来的，已经写过不知多少遍的。没有创造性当然是庸俗。

用自己的脑子去认识事物，不要借别人的脑子。要用自己的眼睛去看世界。用你已经具备了的新的观念、新的思想去思考问题，大胆地发表意见。只要你敢于把自己的感觉写出来，至少可以做到不同于人家。

二、诗的评价

实际上是如何欣赏、如何理解、如何判别？如果要多谈一点，

就是如何介绍？这本来是批评家的工作，但批评家也得先有前面三条。

如何欣赏、如何理解和如何判别，是任何一个愿意接触文学的人应该具备的条件。

看作品同时代的关系，有的作品看了以后好像似曾相识，这可能是从哪里抄来的，即使不是全部抄，至少也抄了一半。

作品是否成功，要看作品在这个社会上所能起的作用，你看了以后是否感动，如果被感动，证明作品在你身上起了作用。并且，大体上像你这样教养的人，也都会被感动。

当然，评价诗还有标准——政治标准和艺术标准。

政治标准就是对社会主义有利。对社会主义有利，并不一定在每首诗的后面都加上个"社会主义万岁"，那样做未免太容易了。很有可能因为强调思想性，使人误解写诗离不开概念。应该指出来，概念是很危险的，比较难于驾御的。

我讲这个话，是因为前些时候这些东西都不可以。最早甚至于认为写诗就是小资产阶级的。慢慢的进了一步，写诗不是小资产阶级的，但写风景诗、爱情诗是小资产阶级的。这么一搞，我看无产阶级剩下的真正是"无产"了；而小资产阶级却得到不少意外的财富，也许会上升为资产阶级。

总之，我看政治标准应该是宽的。

含蓄和晦涩。

含蓄要不要？有人说，含蓄不好，含蓄叫人不懂。

含蓄的目的不是要人不懂，而是叫人懂，而且懂得要深一些，我花了不少脑子写，也希望你看的时候花些脑子。要叫人不懂，最好是不写；写了以后总是要求别人能够懂的。

含蓄不是一目了然。一目了然好不好？也好。一幅画摆在这里，看了一目了然。但是文字表现同绘画表现不一样。有的写得很准确，由于文化水平的关系，他却又感觉不出那个准确性。

含蓄无非想通过比较深刻的理解，得到一个比较深刻的印象。假如不是这样，含蓄就失去意义。

晦涩就不同了。晦涩会产生误解。

晦涩是思想不明确的表现。

从前有个诗人写了一首《鱼化石》，不过那么几行。好几个批评家写了几千字的文章来解释。解释的结果没有一个是相同的。后来去请教诗人。诗人说他自己也不知道在写些什么。

诗，变成不可知的东西，是哲学上陷到一种极端唯心论的境地时的反应。在批评别人时常听到这样的话："我同你没有共同语言"，他要摆架子，才故意写成这样。我们同这些极端唯心论的东西缺乏共同的语言，他看事物同我们看事物完全不一样。

上海有个资本家过去学过哲学，我问他什么叫做哲学家？他说："一个瞎子，跑到地窖子里，找两只黑猫。结果找不到。这就是哲学家。"

这答复很精彩，是极端唯心论的不可知的东西，但比《鱼化石》还好些。

怎样理解诗歌上的流派？这也是属于诗的评价问题的。

现有的文学史都是从形式上来划分流派的。像梯子形的被称为未来派。还有所谓晒衣竿式、豆腐干式等等，这是从形式上挖苦。再如：

> 歌颂！
> 　我们！
> 　　所！
> 　　　生活的！
> 　　　　时代！

这是最近发现的新的楼梯式，不该断的断了，并且都加上惊叹号。

从形式上划分流派，我看值得研究。

是不是应该从内容上和表现手法上划分？表现手法好像更接近形式，但也接近内容。

批评是一个很难的工作。批评是把这个东西介绍给公众，把自己的理解告诉公众，帮助公众理解。但是公众可以这样理解，也可以那样理解。

为什么谈到这个问题？因为有人问我对沙鸥同志发表在《诗刊》上的批评文章的看法，这太难说了。我说他捧我的都对，骂我的都不对，这你们大概会不同意的。所以这个问题不谈。我只谈谈一般的批评工作。

本来，写诗的人应该注意批评，但也不必太注意。我有个很不好的习惯，在一个相当长的时期里置毁誉于度外，要不然会搞得神经衰弱。

在任何时代里，诗人都会有许多拥护的人和反对的人。因为在任何时代里，都包括着许多文化素养、审美观点、政治立场不同的人。

不要以为社会主义时代了，任何批评都是很公正的。没有那样的事情！

前几天遇到尤金大使，闲谈中大使说："写作要当心呀，因为作家有敌人！这当然不是指海外的敌人，而是说现在还有嫉妒的人，包括苏联在内。"这个话的意思，就是要严肃的处理创作问题。

有时候评价高，有时候评价低；了解你的人评价可能高些，不了解你的人评价可能低些；这还是一般的看法。至于有时故意贬得低或捧得高，那是另外一个问题。反正你——作为批评家，假如不是根据全诗讲话，我们可以少相信一些。

有时候诗人也评论诗。翻开拜伦的《唐璜》可以看到有很多章段是痛骂同时代人的，骂得对方好像活下去都没有多大意思了。我们现在则是旁敲侧击，迂回，冷嘲热讽，隐隐约约也来这么几下。

也有赞美同时代诗人的。库勒死时，歌德写了如下的悼语：

> 在他们的后面虚浮一片
> 只看见拘束世人的凡俗。

有很多人喜欢在人死了后说几句好话，以示欢送之意。活着还有矛盾，死了大概矛盾就少了，一般追悼会上也是赞美的话多。

批评是难的，伏尔泰（Voltaire）说：

"批评那倒是很容易的……"底下马上一转："但是，你就不想想有那么容易的么？"这表现了他不服呀！

普希金的《奥涅金》第七章发表的时候，有人贬低它的价值，说"我们的时代和俄国在前进，而诗仍然在先前的地方。"《人民文学》有位大编辑写了一篇《停摆的钟》，说钟停了摆，但时间在前进。挖苦是够厉害的，我看人没有死最好不要讲那么绝对的话。

总之，批评是难的，诗人需要友好的支持。人的生命如同巴斯德所说，"脆弱得像一根芦草"，风都可以吹动。粗暴的对待，不要说一棍子，半棍子也照样打死，甚至在临死闭目前，还忘不了笼罩着的棍子的阴影。没有办法，就只好不写。

像我这样的人，干别的不会，学画不成，只好写诗，被称为诗人，是长期的历史性的误会。

三、怎样写诗

这是不可靠的。赵景深、傅东华等写过小说作法和诗歌作法。社会上有各种各样的分工，不写小说的人光写小说作法。我现在写

不出诗，就谈谈怎样写诗；写不出好诗，就谈谈怎样写出好诗。

你在写诗之前，一定会想到"写些什么呢?"从我失败的经验讲，有的时候想好了写，有的时候边写边想。在写的过程中，也不是完全根据想好了的写。因为思想是流动很大的，要使你的语言紧紧跟着你的思想。感觉也是一样，当时不追，马上就消失，写出来就两样。

写些什么？那是自由的。看到泰山好，那就写泰山。写泰山的什么？可以写这块石头那根草。比如山峡里古老的松树，还赶不上山顶的一根草来得神气——这是地位卑微的人们一种不平之鸣。于是：

> 山峡里古老的松树
> 没有山顶上小草接受阳光的机会多

这大概也算两句诗。

并不是任何事情都可以写成诗，这是对这一个诗人或那一个诗人而言，在全世界来说，几乎没有一个东西不被写进诗里面去。

写出好诗，需要下面这些东西：

生活知识很丰富，很善于了解人。

别的知识也要丰富，比如自然知识，要不然，就不能产生更丰富的比喻。同时词汇也不会丰富。

感情的容量大。更多的想到绝大多数人的痛苦和欢乐，感情的容量就大；相反的，感情容量就小。

艺术修养要高。高到足够表现你的思想感情。

彭真说，我们有很多老干部，肚子里面装着不少东西，但是写不出来。就像茶壶里煮饺子，至多能倒出一点面汤。有艺术修养就能写，但他没有东西好写，写出来的无非是废话。语言很丰富，可是没有内容，本来这是不可能的，语言丰富应该是思想丰富的表现。

但确有这样的人，讲得很多而写不出来。

技巧本身是没有目的的。技巧是为了传达思想感情。技巧可以带给诗人一种快感，从艺术的发展规律上讲，有时候会顺着技巧的进步而发展，但这也不是目的。当诗人陶醉于技巧的时候，很可能产生被技巧带跑的危机。

当你创作的时候，如何决定诗的形式？刚才已经说过，有的是想好形式才写的，有的是在写的过程中产生形式。没有人会说，我今天准备写一首格律诗，或者说我今天这首诗决定用自由式的形式写。大概我追着我的思想发展时，我的语言自己产生了形式。

如何选择形式？我看最好的形式，是能最充分地表现你的思想的。

有人提到格律诗和自由诗的问题。我很少在写以前明确规定采用什么形式写。有时把自由诗改成格律诗，有时把格律诗改成自由诗。大概思想倾向于哪一边的时候，就倒向那一边。

照道理讲是用不着改的，因为现在流行格律诗，有时候就把自由诗改了。

怎么改法呢？

所谓格律诗，就是相当的整齐，原来栽了五棵树的，你把它砍了一棵，或者把这一棵搬到那边只有三棵树的地方，或者把中间剪了一段。你们怎样写我不知道，我就是这样干的。

一个人的思想，或者说就语言所能表现出来的思想，不能像米达尺所要求的那样发展。思想是很自由的，所以形式也是自由的。在这一点上，自由诗是合乎思想的发展的。这倒不是我在这里拼命提倡自由诗。

自由诗所要防止的是平庸的叙述、芜杂、凌乱、过分的散文化。我们采用宽大政策——反对过分的散文化。

格律诗所要防止的是死板、陈旧、拼凑、不自然与造作的痕迹。为什么反对这些，因为有许多东西是套来的。

旧戏唱词里面有许多文法不通的现象，重要原因之一就是被词儿限制住了，每句非七个字九个字不可，多了不行，少了也不行。有如"洗了一块尿布"，多了一个字，就成了"洗了一块尿"，"听了一个报告"成了"听了一个报"，这样就砍乱了。

有人问自由诗有没有承继性？我看所有的文化艺术都有承继性，包括"未来派"在内。有些东西在很早的时候显现过，但后来被压下去了。来历不明的东西在文化艺术上很少，我不敢说绝对没有。它总是有来由的，并且在某种新的条件下生长起来。如果以科学的认真的态度，研究一下中国诗的形式的发展，可以看出它决不是外来的。只怕教条主义的研究，人家原来是那样讲，他偏偏要这样讲，明明马雅可夫斯基反对过一些东西，经过教条主义一搅，他就说马雅可夫斯基没有反对什么，甚至说你翻译错了。

有人认为自由诗好写。大概是徐迟讲的："自由诗难写。"自由诗要反掉平庸的叙述、芜杂、凌乱、过分的散文化这几条，可不是那么容易的。

格律诗也难写。格律诗有没有散文化呢？有。如果眼睛亮一点，把某些所谓格律诗的韵脚去掉，那也是散文。常常因为尾巴上多了一个声音，就被它唬弄住了。没有形象，没有诗意，也能算作格律诗？不必说那些业余作家，就是专业作家笔下的格律诗，也有些散文化得很厉害的。

每首诗产生的情况不一样。极大多数是自然写成的，就是完全被要写的东西激动时才写的。

有没有勉强写出来的呢？也有。一个人不可能完全按照自己想象和要做的去做，有时不免要做些勉强的事情。

所谓勉强做出来的东西，是在一些热心人的敦促下，为一种义务的感情而写诗。比如埃及挨打了，感到义不容辞（所以说勉强也不恰当）；而好心的编辑总是在这个时间或那个时候催促你，上午来电话，下午三点交稿。这时候，大概要强制着自己去努力完成任务。这样的诗也有，而且不少。

有的编辑很擅于出题目，反正是学生出身，在学校就习惯了作文，到时按题交卷。

有的编辑或者说有的老师很不擅于出题目，使得你无法对付，再强制自己也强制不出来。

根据我的经验：

自然写成的东西总是比较容易感动人，被强制出来的东西总是不容易感动人。我也写了相当数量的政治诗，在我最近的选本里选的就非常少，《反法西斯》那本书中的诗，留下的没有几首。

当然，可能我选的观点也有些问题。但我还有个非常大胆的不是十分完整的想法：政治观点有时会受一定的时间的限制。比方说，我曾经写过一首《中国人民之歌》，当时的中苏英美是同盟国，歌颂那样一个麻烦的混合体，缺乏真挚的热情，现在看来就更没有什么趣味了。

无论是自然的写或强制自己写，都必须努力把感情唤醒。这是说，人的感情有时会处在半睡眠状态。

我过去写诗很少修改，大概政治要求越强的时候，修改的也越厉害。

在监狱里黯淡的灯下，几乎看不见，用铅笔在小本本上写，字体很大，有时两行交叠在一起，翌日早晨拆开重抄一遍，诗就此产生了。这，现在已经很少了，虽然不是绝对没有。

不过，诗，还是应该再三修改的。大概诗人听取外界的意见越多，修改也越多。这一方面是好的——避免出毛病。另外一方面也有不好，就是不自然。

如果问我写诗有什么便宜的地方，就是我还学过几天画，对形

体，对色彩，对调子和距离还有一点点经验。

我认为诗人也好，小说家也好，对于色彩、气味、物体的距离等等东西，应该具有敏锐的而且准确的感觉能力。

四、诗的表现方法

诗的表现方法，应该包括在怎样写诗里面。

什么是诗的新的表现方法？

新的表现方法应以新的思想感情和新的感觉作基础。没有新的思想感情和新的感觉，就不可能产生新的表现方法。

所谓独创性，是诗人在新的领域里，通过新的思想感情和新的感觉而获得的新的发现。

新的表现方法必须有对新鲜事物敏锐的感觉。而对新鲜事物敏锐的感觉是很不容易获得的。不能把人家早就感觉到的东西看成对新鲜事物的敏锐感觉。

当然，敏锐的感觉也可以用在不新鲜的事物上。

任何事物都可以写成诗，这是因为任何事物都可以唤起人的想象。

但是，有的事物对有的人容易激起想象，有的事物对有的人简直引不起任何想象。

想象是经验的积累。以现在的经验，引申到过去的经验；以过去的经验，引申到"将来的经验"。

能激起每个人想象的事物不一样。有的人欢喜这种花，有的人欢喜那种花；有的人喜欢这种颜色，有的人喜欢那种颜色；有的人爱这种图案不爱那种图案；有的人爱那种形体不爱这种形体。这样，就自然也产生了各种各样的表现方法。

不同的表现方法是根据不同的内容来决定的。

就是写同一题材的东西，当你写第二次的时候，也必须有新的东西。较多的诗人是不大愿意写同一题材的东西的。

构思。

构思的过程也是思想活动的过程。

构思最先考虑的大概是表现什么？再就是从什么角度来表现？

诗人是通过形象来发展他的想象与思想的，这个话是否科学还可以推敲。或者这样说：诗人是沿着他的想象和思想在那里塑造形象的。

构思也包括章节与段落的安排。哪一段放在前面，哪一段放在后面，有时候故意把前后两段调换一下。这样安排，是为了使人更感动、印象更深刻，以达到更多的艺术效果。

真实和想象之间的关系。

戴望舒在一段诗论中说："诗，既不是真实的，也不是想象的。"这很对。

想象是从真实产生的，真实是由想象来丰富的。

看到一架电风扇，这是眼前视觉所能及的形体。由它想起哪一年在哪一间房子里也看到过一架电风扇，由那架电风扇想起那间房子的一个人，由那个人想起他的事情。所有这些想象都是由于眼前的电风扇所唤起的，所丰富起来的。

怎样发展诗的想象力和感觉力？这应该培养。

一点想象力也没有的人，他可以做很多别的事情，比如当局长、科长、部长，但不能写小说、写诗。

一点感觉力没有的人是很少的。问题在于有的人的感觉不能唤起情绪。看见一张白纸，觉得除了白纸外，别的再没有什么了。

感觉如果不产生联想，不产生想象，生命就非常短促。看见纸就死在纸上，感觉是苍白的。

想象力和感觉力是可以培养的，这实际上是脑子运动的习惯问题：

有的人运动得多，有的人运动得少；有的人有一个新的感觉马上产生一连串联想，有的人则只产生个把联想。写小说的、写剧本

的、写诗的……如果想象力贫乏，那是很难进行工作的。

有的人不但自己不会联想，甚至也不善于理解人家的联想。

有人以为比喻要完全像。为什么说"人面桃花相映红"，花又没有鼻子眼睛？其实世界上只有一个东西最像，就是事物的本身。再没有你本人更像你。要比喻做到这样是不可能的。

关于意境。这是最难解释的。

是不是这样？意境，就是把感觉、感情、想象、思想都放在一个更高的境地来处理。使事物更美化。使所写的东西更有诗意。因为确有一些诗连一点诗意也没有。

马上来了一个问题，什么叫做诗意？这也是很难解释的，任何已经固定的解释都有危险。

因为，对于诗意，每个诗人都有自己的认识和看法。

有的人觉得黄昏有诗意，有的人觉得中午有诗意。

有的人觉得大海有诗意，但也有人觉得山谷比大海更有诗意。

你说格格格响的摩托车没有诗意，那马雅可夫斯基会同你打架。

你说花有诗意，马雅可夫斯基说石油是世界上最好的香料。

你看到宁波臭菜掩鼻而过，宁波人却觉得那最有诗意。

我看最主要的是能唤起人新的快感，新的刺激，新的蛊惑，新的兴奋。这样的范围就比较大一些。

也许有人会问，跑到故宫去怀古是否有诗意？我看连怀古的感情也是新的兴奋。

所谓灵感，是使你的感觉力和想象力、感情和思想，都丰富起来的因素和力量。

黄昏、散步柳荫下，鸟儿从天上飞过，传统地把这叫做诗意。这是从书上看来的，人家说它是诗意，我们也以为这样的东西才有诗意。

为什么有些年纪大的人看了新的诗，既不愿意接受，也接受不了，因为他看问题已经教条化了。

承认早就存在的东西是很容易的，只不过多一票而已。

但人不仅仅这样发展的。人还要经常的大胆的去承认将要存在的东西，或者已经存在而不被承认的东西。

叙述和比喻。

大概是去年，有两位墨西哥诗人也问过我叙述和比喻的问题，他们的确选择了一个相当严重的问题。因为有人认为叙述不是诗，而他们，也认为叙述不是诗。

有人认为叙述是散文的手段。

如果不把诗看成固定化、神秘化，那么我认为叙述也是诗的手段。完全离开叙述，不可能写诗。

> 少年听雨歌楼上，红烛昏罗帐。
> 壮年听雨客舟中，江阔、云低，断雁叫西风。
> 而今听雨僧庐下，鬓已星星也。
> 悲欢离合总无情，一任阶前、点滴到天明。
>
> ——竹山：《虞美人》

全诗都是叙说，没有一个比喻。选择了三个环境，跳跃得非常快，把一辈子都写完了。

这种叙述不同于散文的叙述。它抓住最典型的场面，概括力极高——少年的时候玩儿，壮年的时候流浪，老年的时候孤独。收到了诗的感动人的效果。

类似的例子多得很，如：

> 恐是行人未投宿，
> 马蹄踏雪乱山中。
>
> ——李秀真

柴门闻犬吠，

风雪夜归人。

——刘长卿：《逢雪宿芙蓉山主人》

这些都是叙述。

富有想象的，或者抓住事物典型的，概括力很高的叙述，都可以成为诗的表现手段。

因为，当你这样想的时候，被你叙述的东西就已经充满了诗意，那就可以成为诗。

诗的叙述同散文的叙述有什么区别？刚才说诗的叙述跳跃很快，概括力很高，难道散文就不需要这些吗？

不，也需要。好的散文本来就是最接近诗的，甚至于就等于诗的。

人类产生的最好的东西，一般地讲都是诗篇。鲁迅也被称为诗人，其实他写的诗很少。倒不是写诗就了不起，而是人们把它当做美化了的东西。

在长篇的诗里面，最容易出现叙述，而且最不能够排斥叙述。但那样的叙述要高明一些，经济一些，而且叙述的时候应该是很能感动人的。

有人以为只有比喻才是艺术的加工。

不是这样，叙述也可以有艺术的加工。

当然，假如诗人在思想感情处于半睡眠的状态下写东西，那别说是叙述，就是比喻也不会有诗意。他不会带给人新的感动人的力量。

早晨随便翻了一下过去的一首短诗《黎明》，这样的诗把它写直了是否就是散文呢？我想有那么一点诗意，就是算它为散文也没有什么损失。即使是散文也是有诗意的散文。

有人说写散文容易，写诗难。我看也不见得。今天中国散文写得真正好的人很少（当然，这是提到较高的水平上来要求的）。写得语法上没有毛病，修辞上没有缺点的散文很多。但写得完全被它的文字力量抓住，连气味都闻得到，像空气一样包围着你，这样的散文极不多见。

好的散文的力量，远远超过坏的诗的力量。

以下是散文，也是诗：

> 雷赴之声，震动山谷。
> 散水雾合，视不见底。
>
> ——《水经注》

短短十六个字形容瀑布，可以说淋漓尽致，把环境完全刻画了出来。

> 青树翠蔓，蒙络摇缀，参差披拂。
>
> ——柳宗元
> 佳木异竹，垂隐相阴。
>
> ——元结：《右溪记》

这些都是散文，但应该说都是诗。它所以不被承认为诗，只由于每句里面少一个字，或者没有分行排。这是因为我们把诗看得定型化了。像形容瀑布的四句，只有"雷赴"的"雷"，"雾合"的"雾"是比喻，其他都是叙述。但它的力量是诗的力量，是那么集中地打动人的感情世界。

如何理解朴素？

有人不喜欢朴素而喜欢华丽。

在以明洁的语言表现了事物与人情的真实动人的场合，朴素就

成了力量。

朴素绝不是平庸的叙述。假如朴素成为平庸的叙述，那我们是反对的。

朴素不是在半睡眠状态中讲的懒洋洋的拖拖拉拉的语言。朴素也不是毫无选择的语言。

朴素是最明快的语言，把事物最本质的东西表现出来。

是不是叙述的就是朴素呢？

叙述可以成为朴素，也可以成为不朴素。

朴素最反对平庸。诗里面最反对漫无节制的发言。小组会上提倡知无不言，言无不尽，诗如果是这样，那可糟糕了。

写诗就是用最小的篇幅给人以很大的快感。要不然，就没有理由把一本书只印那么一点儿。

比喻的目的是使抽象的变成具体的——借比喻把你所要比的东西更鲜活地显现在人们的眼前。

把看不见的东西显现在纸上，属于形象的手段：形象的手段中有一条就是比喻。

使抽象的东西具体化，使原来感觉不到的东西感觉到、看得见、闻得着，知道它的温度和硬度。

一个战士很坚强，誉之曰钢铁战士，他决不是钢铁的战士，而是形容它的硬度。

从感觉到联想、到想象，产生了比喻。思想和感情都产生比喻。

感情这个东西是抽象的，美这个字也是抽象的。说这朵花很美，几个人听你说，几个人对你这句话的感觉可能都不一样。说这朵花美得像玛瑙，见过玛瑙的人，对这朵花的美就有了准确的感觉了。

你应该努力把你的感觉真实地传达给观众。只有你的感觉准确了，知识丰富了，你才能找到最适合于表现你所感觉到的东西，并真实地表现出来。

"这朵花像花一样的"，那是废话。"太阳啊，你亮得像太阳一样的亮!"那也等于不说。

但有时候,也会使人产生新鲜的感觉,如:

"太阳呀,你真是名副其实的太阳!"

只有你对某种事物了解得相当正确和准确时,你才能找到最恰当的比喻。

因此,比喻反映了诗人的思想感情的深浅,也反映了诗人对美与丑认识的程度。

喜爱的话,应该找好的东西来比喻;憎恨的话,应该找坏的东西来比喻。

你要赞美的东西,但找了一个人家并不认为好的比喻,那——赞美半天还是白费。

什么叫象征的手法?

这也是属于比喻的。借用具体的东西来比喻抽象的东西,有时候甚至于互相借。

象征的手法同"象征派"是两回事。

象征的手法是诗里不能排斥的。

象征派是诗的一个流派,它有主张,有纲领,从波特莱尔开始。这最好由穆木天来讲。

有人认为象征的手法不为一般人所理解,是否会减低作品的意义?

好像是这样,作品能为更多的人理解,意义就越大,也才符合群众观点。

但确有一些好的东西不被人懂,这是难免的事情。当然,不是所有不懂的都是好的。

表现方法是多种多样的,诗也不能加以规定,它沿着人对世界的认识能力在不断地扩充,而且也沿着艺术发展的规律在扩充。

五、诗的语言

什么是好的语言，什么是不好的语言？

最充分地和最准确地表现了你的感情、感觉和思想的语言，就是最好的语言。

平常听人讲话：有的话很感动你，有的话很容易使你接受，有的话说得很聪明，有的话给了你深刻的印象，觉得一辈子忘不了。所有这些话，大概都是好的语言。

诗的语言不是自己从纸上跑出来的。

诗的语言是从人的日常用语里面，或者书本里面，你采用了经过加工，把它变成自己的语言。

最诚恳的话最能感动人，你应该学会把你自己的话讲得更诚恳一些。

有人提出如何锤炼语言？我看与其说锤炼，不如说训练。

为什么这样说？因为训练是每天都在做的事情，锤炼只是写在纸面上的时候加以修饰。像鲁迅所说的把可有可无的字删掉。训练使你能准确地概括事物和选择语言。

当然，这不是一天两天所能达到的，而要经常不断地进行锻炼。

什么叫做精练？有人认为字越简省就越精练。像刚才念的"雷赴之声……"这样十六个字，当然是精练，但不一定凡是字减少就是精练。像"洗了一块尿"那样的精练是提倡不得的。

我们所说的精练，是在共同的语言的基础上，要求不浪费，讲得少而得到的多。要讲得准确，不同语法抵触，该用的地方还是要用。

有同志问我在语言上做过怎样的努力，有些什么经验？

简直没有什么经验。唯一可说的，当我写的时候，我的语言同我的思想感情阴魂不散，追踪到底。写完以后感到有的地方显得松些，就不要它。这个办法好不好，最好还是请教批评家。

语言的音响和色彩。

语言一定要明快和准确，然后才能带来明显的色彩。含糊的语言是不能有什么色彩的。

因此，写诗的人应该充分理解语言的性能。

语言是多种多样的。有这样的语言，有那样的语言。有讽刺的语言，有哀诉的语言，有挖苦的语言，有恳求的语言……该用什么语言，根据你内容的需要。

语言是诗人的色彩，就像画家的颜料一样。只有准确的调匀了你的色彩，才能准确地表达你所画的对象——模特儿。

语言要清楚、新鲜、和谐，念起来顺口。有时可能不顺口，那除非是有意识这样写的，目的在产生另外一种艺术的效果。

语言问题一个星期也谈不完，限于时间，今天只能讲到这里为止。

和诗歌爱好者谈诗

——在北京劳动人民文化宫

　　这是一个座谈会，应该很随便，大家都发言，不要光由我一个人发言。

　　刚才有同志叫我谈得详细一点。谈得详细就得有准备。而我直到坐车来的路上还不知道该谈些什么。

　　你们给我送来三位同志的诗，我只看了其中的一首，来了客人，别的就没有时间看了，真对不起。

　　我就谈谈这一首诗吧。

> 火柴有信念，
> 是那头上的磷；
> 蜡烛有信念，
> 是那中间的芯；
> 航船有信念，
> 是那海上的灯塔；
> 万物有信念，
> 是那天上的热能！
>
> 而我假如没有信念，
> 就像天上没有热能，

就像海上没有灯塔，

就像火柴没有磷，

蜡烛没有芯！

这是诗。但是后面的话等于前面的重复。不要后面的，更精练。

我们这个时代，大家都很忙，只能利用上下班的前后一点时间读书，因此我冒险提一个意见：多写短诗。

我坦白地讲，我看诗不多。

刚才同志们谈了些诗歌方面的情况，有的我也听到过了。

有的诗集卖不出去，有的诗集买不到；又说什么读旧诗的比读新诗的人多啦等等。

于是有些写新诗的人就泄气不干了。

新诗是不是真的面临绝境、走投无路了呢？我看还不至于吧？

有人说诗歌赶不上小说、戏剧、电影受欢迎。

我以为何必要那样比呢。各种文艺样式，各有各的性能和作用。

人的爱好不可能完全一致。萝卜白菜，各有所爱。

比如说，你们是爱诗的，不然的话，不会在这样的夜晚从石景山——有的甚至从通县赶来参加这个座谈会。

比如说，我是写诗的，对诗没有感情的话，早就不写了，何必要为了它而挨棍子呢？

有人说，近年来，小说和戏剧都有震动很大的，例如《重放的鲜花》等等。

我以为：诗歌何尝没有？

《天安门诗抄》带来的震动，没有别的样式能超过它。

至于说像《重放的鲜花》那样的集子，上海一个出版社曾向我征求意见，主张诗也出一本，专门收集受到迫害的诗人的诗。我不

同意。那样做，好像又是一个营垒，一种挑战。何况受到迫害的也不只这么几个诗人。

有人说，旧诗难写，新诗容易写。

我不会写旧诗，很难回答。我有几个朋友，原来是写新诗的，后来写旧诗了。我问他们为什么不写新诗？他们都说："新诗难写。"

有人说，人家能背古诗，不能背新诗。

这有什么可奇怪的呢？古诗流传了多少年代了，它们是从浩如烟海的篇什中挑选，几经淘汰而保存下来的，怎么能拿当今一般的诗与之相比呢？

写得好的新诗，同样会有人背诵。

例如：

> 她把带血的头颅
> 放在生命的天平上
> 让所有的苟活者
> 都失去了
>
> ——重量

不是也博得了大家的赞赏吗？

古诗是古人用他们的眼光看事物，用他们习惯的表现手法，写他们自己的思想感情。

他们写得再好，也不能代替我们。

每个时代都有自己的歌手。假如我们只是满足于背诵古诗，我们等于没有存在。

假如我们什么也没有表现——我们有了一个被遗失了的时代。

新诗是对旧诗而言；

白话诗是对文言诗而言；

自由诗是对格律诗而言。

不要顾忌那些随心所欲的议论；不要想从抱有成见的人嘴中去听到真理。对新诗用不着悲观。

新诗要是没有读者，《诗刊》就不会发行二十多万份；各个文学期刊也不会再向写诗的人约稿了。

不久以前，辽宁的文学期刊《鸭绿江》编辑部公布了一次"民意测验"，很值得我们看看，也值得我们深思。在"你最喜欢什么形式的诗"这一栏里，三百五十二人中，占总人数的百分比是：

古体诗词	61 人	9%
自由体	243 人	36.4%
民歌体	100 人	14.8%
半格律体（分节有规律、押韵）	115 人	17%
楼梯式	34 人	4.8%
散文诗	63 人	9%
各种形式都喜欢	60 人	9%

（注：因每人最多可填两项，所以百分比以 704 人算）

这是仅从三百五十二人所得到的数据，只能供参考。这样的调查，每个诗歌刊物都可以进行。

自由体的诗为什么最受欢迎呢？因为自由体受格律的制约少，表达思想感情比较方便，容量比较大——更能适应激烈动荡、瞬息万变的时代。

形式服从内容的需要。

所有的形式都是根据为了表现不同的生活而产生的。

是人创造形式，不是形式创造人。为什么要让别人所创造的形

式来束缚自己呢？不要让这样那样的形式来奴役我们。

我们的时代不是骑着毛驴写诗的时代。一个世纪以前，世界上还没有电影。五十年前，我从上海坐轮船到马赛航行一个月；而现在从北京坐飞机到法兰克福只要十七个小时。

唐朝杨贵妃要吃新鲜荔枝，得累死多少马；而现在从广州飞到北京，荔枝叶子上还有露水哩。

世界开放了，距离却缩短了。生活受到四面八方的冲击——要回复到"悠然见南山"的闲适心情是不容易了。请那位主张"男女授受不亲""非礼勿视"的曲阜老头子到青岛海滨的游泳场去见见世面吧。

生活早已逼使清朝末年的诗人提出"诗界革命"；然而时隔一个世纪不久，我们的一些革命家还看不惯新诗，有的甚至声明坚决不看新诗。

人的爱好是一种顽强的习惯势力，常常执拗到不可扭转的地步——半个世纪以前，人们还以为女人必须缠了脚才好看哩。

新诗是新时代的产物，没有"五四"的新文化运动就没有新诗。从以文言写诗改为以白话写诗，是一个很大的革命。现在流行的格律诗也不是中国原有的旧体诗。我们也没有十四行体。这些诗体是从西方移植过来的。

自由体诗更是新世界的产物，它比各种格律诗体更解放，容易为人所掌握，更符合革命的需要，因而也受到更多人的欢迎和运用。

自由体的诗是带有世界性的倾向。在上个世纪，新大陆产生了《草叶集》的作者惠特曼；

俄国十月革命产生了《穿裤子的云》的作者马雅可夫斯基；

西欧的近代生活产生了《带有触角的都市》的作者凡尔哈仑；

喧闹的芝加哥有自己的诗人桑特堡；

流血的马德里有自己的诗人洛尔伽；

在革命的火焰中惊醒过来的外交官聂鲁达，放弃了写爱情诗的格律体，用洪亮的声音喊出："伐木者醒来！"

在土耳其黑暗的监狱里关着希克梅特，他的自由的歌声却飞向世界……

我国当代的许多著名诗人，都是从伟大的民族解放战争时代涌现出来的。他们的命运和整个民族的命运联系在一起。但他们不能不受外来的影响。

在战争的年代，诗首先成了武器。诗人就成了战斗员。情诗，山水诗，都为炮火让路，"人面不知何处去"了。

我们的诗人很少从文科大学出来的——行军和露营是我们的日常课程，我们就这样生活过来了。

在我的老家，女人死了丈夫，一边哭一边唱出调子——这样的女人是具有写格律诗的才能的；

但是，一般的女人只会捶胸顿足、号啕大哭，让人听了更悲伤。

我是没有先学好合辙押韵才写诗的。我只是有话要说，不说不好受。我选择了更符合我的表现要求的诗体。

自由体的诗是不是比格律体的诗容易写呢？不见得。这是出于两种不同要求的不同形式。自由体的诗，更倾向于根据感情的起伏而产生的内在的旋律的要求。

这也是从两种美学观点出发，因而也只能达到两种不同的境界。

从我整个创作历程来说，我更多地采取自由诗的形式——这是我比较习惯、也是比较喜欢的诗歌形式。

例如我写的《太阳》：

从远古的墓茔
从黑暗的年代
从人类死亡之流的那边
震惊沉睡的山脉
若火轮飞旋于沙丘之上
太阳向我滚来……

它以难遮掩的光芒
使生命呼吸
使高树繁枝向它舞蹈
使江流带着狂歌奔向它去

当它来时，我听见
冬蛰的虫蛹转动于地下
群众在旷场上高声说话
城市从远方
用电力与钢铁召唤它

于是我的心胸
被火焰之手撕开
陈腐的灵魂
搁弃在河畔
我乃有对于人类再生之确信

一九三七年春

这是自由体的诗。段无定行，句无定字，既无标点，也不押韵。
这样的诗的形式，让那些喜欢"带着脚镣跳舞"的诗人看了是
要皱起眉头的。

　　我的许多长诗都是以自由体完成的：《大堰河——我的保姆》
《向太阳》《火把》以及最近期间的《古罗马的大斗技场》等等。

　　对这些诗的反响，远远超过我的其它的作品。

　　事实上，我也写过一些"豆腐干式"的诗。例如最近写的《窗
外的争吵》：

　　　　昨天晚上
　　　　我听见两个声音——

　　　　春天：
　　　　大家都在咒骂你
　　　　整天为你在发愁
　　　　谁也不会喜欢你
　　　　你让大家吃苦头

　　　　冬天：
　　　　我还留恋这地方
　　　　你来的不是时候
　　　　我还想打扫打扫
　　　　什么也不给你留

　　　　春天：
　　　　你真是冷酷无情
　　　　闹得什么也没有
　　　　难道糟蹋得还少
　　　　难道摧残得不够

冬天：
我也有我的尊严
我讨厌嬉皮笑脸
看你把我怎么办
我就是不愿意走

春天：
别以为大家怕你
到时候你就得走
你不走大家轰你
谁也没办法挽留

用不到公民投票
用不到民意测验
用不到开会表决
用不到通过举手

去问开化的大地
去问解冻的河流
去问南来的燕子
去问轻柔的杨柳

地里种子要发芽
枝头骨朵要吐秀
万物都频频点头
异口同声劝你走

你要是赖着不走

　　用拖拉机拉你走

　　用推土机推你走

　　敲锣打鼓送你走

　　这就够整齐的了，好像用剪子剪过似的；而且也算大体押了韵。

　　最近有人以为我是从自由诗返回到了格律诗的园子里来了。这完全是一种猜想。我绝不在某一种形式上像耍杂技似的踢缸子。

　　我也不可能向任何一种形式跪拜；

　　我在形式面前，缺少宗教信徒的虔诚。

　　有人问："现在写诗要注意什么？"

　　我以为绝不只是现在，而是无论什么时候，都应该把写诗的注意力放在形象思维上。

　　形象思维是艺术创作的灵魂。

　　人类有两种既有联系、又有区分的思维活动。

　　一种是抽象的思维活动，通常叫做逻辑思维；

　　还有一种是沿着具体的形象所进行的思维活动，通常叫做形象思维。这是一种不从概念出发，却沿着真实的感受而进行的思维活动。

　　形象思维是从感觉发生的联想、想象、幻想，在主观和客观之间取得联系，从而在它们的某一特征上产生比拟的一种手段。

　　形象思维是为了把你所看见的，或是所想到的，使之成为可感触的东西的基本活动，目的在于把生活的感受能以具象化的形式介绍给你的读者。

　　没有想象就没有诗。

　　诗人的最重要的才能就是运用想象。诗人把互不相关的事物，

通过想象，像一条线串连起来，形成一个统一体。

不论是明喻和暗喻，都是从抽象到具体、具体到具体之间的一个推移、一个跳跃、一个转化、一个飞翔……

所有意象、意境、象征，都是通过联想、想象而产生的。

艺术的魅力来源于以丰富的生活为基础的丰富的想象。

形象思维与逻辑思维虽然是各自独立的，却又是互相联系的。

所有的思维总是从具体中找抽象，从抽象中找具体，它们互相牵连着，飞旋于大千世界中……

比喻的作用，在于使一切无生命的东西活起来，而且赋予思想感情。

例如我的一首诗《树》：

> 一棵树，一棵树
> 彼此孤离地兀立着
> 风与空气
> 告诉着它们的距离
>
> 但是在泥土的覆盖下
> 它们的根伸长着
> 在看不见的深处
> 它们把根须纠缠在一起

这样就把没有关联的东西紧紧地纠结在一起了。

人与人之间，外表上是分离的，但在心灵深处总是相通的。从这首诗写作的年月看，还是抗日战争的相持阶段。

为事物寻找比喻，是诗人的几乎成了本能的要求。只有充分理解事物之间的差别，才能找出逼真的比喻。

运用比喻,使文章生动是一切从事文字工作的人所需要的。例如:

一个外国通讯社发的有关日蚀的消息说:"宇宙正在进行捉迷藏,太阳躲到月亮背后去了。"

又如一篇报道中国花鸟画的消息说:"画家像蜜蜂一样活动在花园里。"

只不过各用了一个比喻,就使文章充满生气了。

撇开比兴的手段,采用平铺直叙的手法,引起人的逼真感的,也属于形象思维的范畴。

例如杜甫的《石壕吏》等诗篇,通篇找不到一个比喻,却把事件交待得很具体,照样达到感人至深的效果。这类诗,假如有人开玩笑,把所有的韵脚删去,也可称之为"散文"。

另外像:

> 前不见古人
> 后不见来者
> 念天地之悠悠
> 独怆然而涕下

这样的一首诗,既不整齐,也不押韵,更没有任何比兴,却能响彻千古!

没有联想、想象,没有幻想,是不可能进行艺术创作的。

而无论联想、想象、幻想都是从生活中来,不管直接还是间接,都是经验的产物。

生活积累越丰富,创作越自由。

例如我在《窗外的争吵》这首诗的最后一节:

你要是赖着不走

用拖拉机拉你走

用推土机推你走

敲锣打鼓送你走

为什么还要"敲锣打鼓送你走"呢？因为在文化大革命时，一个造反派的头头要撵我到连队去，他说："你走不走呀？"我说："我考虑考虑。"

过了两天他又来了，两手叉腰，站在房子中间说："走不走？"

他显然是不耐烦了。我不做声。

他说："是不是要开个欢送会啊？"那意思是要把我轰走了。

生活中随时都会有生动的情景，有的甚至多少年也忘不了，就看你能不能把它们收集到你的武器库里——备而不用——总有一天要用上的。

这可以说："养兵千日，用在一时"，到关键时刻就突然跳出来了。

最后还有下面的一些问题，都是经常有人提出来的：

"创作怎样才能突破？"

"怎样才能引人入胜？"

"你爱读什么样的诗？"

等等。

总括一句话：如何提高诗歌艺术。

我以为单纯从艺术上提高是不行的。演杂技、玩魔术，技术再高，看完了也就完了。

但是，当我们从真实的生活中看到动人的场面，总是多少年也忘不了的。

我还是坚持："诗人必须说真话。"只有说真话，才能突破假话、谎话、大话的包围；

只有说真话，人才能相信你，你才能做到"引人入胜"；

只有说真话的诗，我才愿意读，读得下去。

人云亦云，似曾相识，陈词滥调只会败坏人的肠胃。

太多的重复，老调重弹，就使人厌倦。

只有每人说出自己真实的感受，才能引起人的共鸣。

说假话而想取得人信任，是梦想。

并不是诗人说的都是真话。

并不是水就是眼泪、红的都是血。虚假的东西总是不持久的。

鉴别真假的最可靠的依据是社会的效果、人民群众的反映。

而历史也在用宁静的眼睛注视着你。

有人提到"以题材取胜"的问题。

我以为"以题材取胜"无可厚非。"百花齐放"也包括题材的多样化。

艺术需要独创性。但是，并不是只要有独创性就是艺术。

所有的疯子是最富有独创性的了。

疯子并不是艺术家。

人民会从一切作品中鉴别美与丑、真与假、善与恶。人民所喜爱和尊重的是能使他们在思想上有所提高的作品——使他们的精神进入到更美好的境界。

这就是诗的严肃性。

耽误了大家很多时间，谢谢。

与青年诗人谈诗
——在《诗刊》社举办的"青年诗作者创作学习会"上的谈话

关于我自己

有同志问我是怎样推开诗的大门的？这问题很难回答。事情是这样开始的：有个人看到了我桌子上的一首诗，出于好意写了封信："编辑先生，寄上诗一首，如不录用，请退回。"他是寄到左联刊物《北斗》去的，想不到居然发表了。以后我自己也就采用这种形式："编辑先生，寄上诗一首，如不录用，请退回。"这样就开始写诗了。我本来是画画的，一九三二年七月我被捕了，关在监狱里不能画画。但可以写诗。我从一开始就没有把诗当作神，也没有把写诗当作一件英雄的事情，或者说是受了奥林匹斯山的什么神灵的召唤。总而言之，自己有话要讲，就用诗来发表吧！这样就成了一种习惯，不断写，不断发表。曾听人说，我的《大堰河——我的保姆》和《我的父亲》是姐妹篇，讲得很好。《大堰河——我的保姆》是在监狱里写的，一天，我从监狱的窗口看到外面下雪，忽然想起了我的保姆，想着，写着，就一口气写下来了。它是我第一次用艾青的名字，托人带给李又然，在庄启东编的刊物《春光》上发表的。不久，李又然又来信，说这首诗轰动了全国。当然，这并不是说我排除了有意识地写诗。《我的父亲》就是作为那个时代的一个典型来写的。很强烈地想写这个典型。他的环境，他的社会关系，都是我有意识要写的。

对于这两首诗，我还想多讲几句。

《大堰河——我的保姆》是出于一种感激的心情写的。我的保姆你们可能认为很美，其实她长得不好看，诗里没有写她的相貌。她生了好多孩子，喂养我时已是第五个了，奶已不多，不可能哺育得很好。不过我幼小的心灵中总是爱她，直到我成年，也还是深深地爱她。《我的父亲》是在延安写的，和写《大堰河——我的保姆》相隔八九年。父亲这个典型完全是真实的，没有什么虚构。最近一个外国人想翻译这首诗，向我提出不少问题，例如，当时中国学生已受"进化论"的影响，那我父亲为什么还讲迷信？真迷信还是假迷信？我看是假迷信。他生活在农村，交往的却是县里的县长，镇上的警佐。警佐是吴晗的父亲，吴晗的母亲是我们村里人。小时我俩常一块儿玩。在那个地方，警佐很有地位和势力。另外，父亲还结交了军官、大学生，在"万国储蓄会"里有存款，订了《东方杂志》《申报》，就是这么一个典型，那样的时代产生了这么个人物。不过，他讲迷信有时又是真的。有一次，他头上被麻雀拉了泡屎，就递给我一个木碗，叫我去讨七家的茶叶，给他"洗晦气"，我不去，他一气之下把碗扣在我头上，血流了出来。我就生活在这样一个家庭中，很不愉快的。父亲常打我。有一次我被打后，气得写了张纸条："父贼打我！"放在抽屉里，他看见了，从此就不再打我。可见，有反抗他也害怕。我和家庭关系不好，还表现在从小不许我叫"爸爸""妈妈"，只许叫"叔叔""婶婶"，就使我直到现在"爸爸""妈妈"的音都发不好。这些都刺激着我产生反封建的意识和叛逆家庭的情绪。我稍稍长大，就想赶快离开家庭；西湖艺术院的院长鼓励我去国外学习，我也想离家庭越远越好；就这样，我骗我父亲说外国留学回来可赚大钱，他给了我去法国的路费，我就跑出去了。从这些背景情况中你们可以看看，我同父亲的关系究竟怎

样？是不是同情他？我说不！说"有同情"，可能有那么几句：他从祖上接受了遗产，经营了几十年，没增加也没减少。这是事实，他就是这么个人，我是有意识把他作为那个时代的一个典型来写的。我不违背真实。

要写诗的人谈自己的诗很难，我觉得自己这两首诗在刻画典型方面，后者比前者要好。不过后者是在延安写的，那时实际上已开始"整风"，需要写工农兵的、大众化的作品，写那个东西，当时在延安似乎不大适合。

我过去每天都写诗，有时候在没有灯光的夜晚写，两句交叠在一起了，第二天把它们分开。一般都没有什么修改。现在有时候也改诗，那是感到诗中的观念不清楚，要讲的东西不清楚，或者为了念起来顺口，合乎内在节奏。

关于突破

同志们问我近期的诗歌与早期作比较，有哪些突破，准备在哪些方面有所突破。我没有考虑这个问题。我写诗时没有意识到要突破，我是有感就写，想什么就说什么。总是被什么东西包围了，才有突破的必要。突破总是对于处在一种包围状态来说的。假如说现在诗要有什么突破，就是诗被大话、假话、谎话包围了。今后准备有哪些突破呢？现在我不知道。诗的现状怎样？如果现在的诗都是一般化，调儿都差不多，或者说是陈词滥调，那就需要突破。我从来没有在写东西的时候想到要突破什么。

关于生活、想象、真实的世界的关系

我发现自己的诗里凡是按照事实叙述的，往往写失败了，如《藏枪记》，是我去家乡听了一个抗日游击战士的故事后写的。完全根据人家怎么说，就怎么写的，事情写得很清楚，但不感动人。而《吹号者》《雪落在中国的土地上》《向太阳》《火把》这些诗毫无具体事实根据，全是想象的，但成功了。我没有当过伤兵，也没有当过吹号者，到现在为止，我还没有看见过一次火把游行的场面，完全是凭想象构思的，而且写得相当顺利，长诗《火把》几天就写成了。这里有一个问题很值得我们思考：为什么凭想象可以写出好诗来？为什么根据事实反而写不出好诗来？想象是以生活积累为基础的，生活积累并不限在一时一事上。运用想象也不限制在一时一事上。过分要求生活的真实，反而展不开想象。

我在写作的时候并没有从理性上认识哪些材料我要写，只是写着写着，写出来了。譬如写《雪落在中国的土地上》那首诗时，我是预感到天要下雪了，想象开去，出现了雪的草原，戴着皮帽，冒着大雪的马车夫；雪夜的河流，破烂的乌篷船里的蓬发垢面的少妇……这首诗发表后，重庆一次诗歌座谈会上有人放暗箭说，中国没有戴皮帽、冒着大雪赶马车的。我说奇怪，中国没有这样子的？不过，实际上我写《雪落在中国的土地上》时确没见过那个场景，而是面对欲雪的天气想象出来的。

另外一首《雪里钻》，那是罗丹跟我讲述的，他讲得很生动，我也是展开了想象然后写成的。总之，有时候根据人家讲的，可以写出好诗；有时根据人家讲的记录下来，不一定是好诗。这里面，生活、想象、真实的世界的关系，很值得我们来思考。

关于诗的散文美

我说过诗的散文美，这句话常常引起误解，以为我是提倡诗要散文化，就是用散文来代替诗。我说的诗的散文美，说的就是口语美。这个主张并不是我的发明，戴望舒写《我的记忆》时就这样做了。戴望舒的那首诗是口语化的，诗里没有脚韵，但念起来和谐。

我用口语写诗，没有为押韵而拼凑诗。我写诗是服从自己的构思，具有内在的节奏，念起来顺口，听起来和谐就完了。这种口语美就是散文美。我们可以用自己民族的口语写。我们可以用我们的方式来表现自己的时代。有没有用散文写诗的呢？有。没有采用形象思维的方式，只是叙述的方式。虽然看来很格律化，其实也还是散文化。杜甫的《石壕吏》，"暮投石壕村，有吏夜捉人"，整个是叙述的，是押韵的散文。像前边提到过的《藏枪记》便是属于这一种。

关于写得难懂的诗

有些人写的诗为什么使人难懂？他只是写他个人的一个观念，一个感受，一种想法；而只是属于他自己的，只有他才能领会，别人感觉不到的，这样的诗别人就难懂了。例如有一首诗，题目叫《生活》，诗的内容就一个字，叫"网"。这样的诗很难理解。网是什么呢？网是张开的吧，也可以说爱情是网，什么都是网，生活是网，为什么是网，这里面要有个使你产生是网而不是别的什么的东西，有一种引起你想到网的媒介，这些东西被作者忽略了，作者没有交代清楚，读者就很难理解。

不能够把自己最简单的、最狭隘的一点感觉，认为就是大家都能理解的感觉；或者是属于个人苦思冥想所产生的东西，也要别人接受。什么东西是美的，什么东西是丑的，每个人选择不一样，自己认为美的写上去了，别人不一定认为美，所以要寻求自己和大家之间相通的东西，用语言表达出来。诗人感觉到了，别人没有感觉到，这样的诗别人就不懂。出现这种现象，到底怪诗人还是怪别人？我看怪诗人，不能怪别人。我认为：一方面，诗人自己认为的美与丑要和群众认为的美与丑和谐一致；另一方面，这种和群众和谐的美与丑，还得有适当的交通工具介绍给读者。对有些事物，或许诗人比别人看得远一点，想得深刻一点，想得丰富一点。这远、深刻和丰富，总得让人家能够理解。有人说，我明明写清楚了，你说不懂，是你的问题。言外之意怪群众文化修养太差，理解能力太低。有些东西是难懂，难懂的东西要人家懂，有两种办法，一种是把群众的文化程度提高，提高到能够理解你的诗的程度；一种是把你的水平降低，降低到群众能接受的水平。就这两条路。要把群众的水平提高到理解你诗的程度，这工作不是一个人或几个人做的事情，这是整个国家、民族的文化程度、文化修养的问题。诗人自己就生活在这个时代的这个国家里，应该考虑怎样才能写出让更多人理解的作品。有种人傲慢地说："我的诗就是这个样子，懂不懂是你的事。"其实，你既然要发表，总还是为了让人看，还是让人看懂才好。

有些诗，读者、编者不懂，连作者自己也不懂。当年有位诗人写诗，大家作解释，解释了半天去问作者，作者说他不是那个意思。当然，有些别人不懂的诗，也可以是写得很好的诗，像刚才提到的这位诗人，就有一些好诗。诗人感受到的，不为读者所理解，是会有的。但作者总希望更多的人理解它，接受它；那种下决心写东西不让人看懂，恐怕是很个别的，不然为什么要发表呢？

关于欧化与民族化

随着时代的发展，与外民族的广泛接触，民族化内容也会发生变化。有人说当前诗歌有欧化的倾向。什么是欧化？假如说用我们通常现代汉语写出来的诗叫做"欧化"，这就不妥当。用我们的语言，我们的文字构造，我们每天讲的话写诗，怎么同"欧化"联系起来了呢？认为用另一种语言，有时是陈词滥调写五、七言诗，这就是民族化，有些诗句子都不通，破坏语言，有人为了押韵，把一些双音词颠倒过来算是"民族化"，这种做法也不妥当。

欧化主要表现在语言格调上、表现方法上。写外国的东西，如

果采用我们民族理解的表现方法，这不叫欧化。所谓欧化，也要具体分析。你说，电扇、皮鞋、西式衬衣，算不算欧化？它们是外来的，说欧化也可以，但实际上与我们的民族发生了很久的关系。我们生活里汲取外来的东西太多了。五十年前或一百年前，男人都留辫子，辛亥革命以后才剪短，最初剪到齐耳根，算是革命行动。各个民族之间生活上互相有影响，现在中国的女布鞋在法国巴黎是最时髦的。大家化来化去，都差不多了。

我们说民族化，哪个是我们民族的形式呢？我们民族形式是长袍马褂。而这是清朝的。再往前一点，是旧戏戏装那样的明朝服饰。其实唐朝服装是受印度的影响，披披挂挂的。诗的形式中什么叫民族的形式？这很难说。七言的？五言的？八句？四句？可更早些时是四言的，还有三言的。说民族形式，是什么时候的民族形式算标准？我们现在的诗歌四句一段很多，在我们古典诗中没有这种形式。现在写自由诗的很多，以为我是写自由诗的。其实，我也不是光写自由诗的，我很多诗是按照格律要求写的。有人经常问我：什么形式有前途？我还是说，我反对算卦。我不知道我明天干什么，我不知道今天上午在这里谈完了，下午该怎么办。明天写什么，那是明天的事情；明天怎么样写，是明天的事情。至于你怎么写，他怎么写，这么多人，哪个能说？规定一个形式大家照这个形式写，才算符合教导？有人教导说：诗应该按照民族形式写，按照传统的方法写。当然，这样写写得好，我们赞成；你在那里下命令，谁听你的？我就不听。不听，总有这个自由吧。说我的诗不是诗，那就不发表，可以干别的，再去打扫厕所就是了。很简单的事。要大家这样写，那样写，你写出来让大家看嘛！你写出好的来别人就赞成。你叫大家按古典诗词形式写，你那时受的古诗词的教育，而我们今天所受的是另一种教育，我们写诗进行思考，我们写诗进行斗争。我们正是这样生活过来了，叫我们再走回头路很难。诗就是启发我们向前进的，用最经济的语言表达最丰富的思想，诗是文学的文学。不要说只能够这样写才是诗，那样写就不是诗。

关于流派

同志们问流派是怎么形成的？一个流派开始时并不是有意识地要创造一个什么流派，往往是很多人朝着某些共同点走，而且是非常顽固地这样走，是自自然然地形成的。我看流派者，有着三个特点：首先，流派既是流又是派，是众多的意思，不是单独一个人的；其次，产生流派总是由于共同赞成这样的主张或那样的主张而结合的结果，而这种主张可以是形式上的，或者内容上的；第三，由于流派总是按自己鲜明的主张而行事的，所以它总表现为排斥其他的。

有人问我现代派为什么产生于现代？这个问题很奇怪。现代派当然只能产生于现代。如果产生于古代那就是古代派了。其实中国现代诗歌，包括现代派，还没有真正成为派。就说现代派，原指三十年代以《现代》杂志为中心的那一批诗人的诗作。在中国，那个现代派是含糊其词的称呼，它包括了象征派、新月派，各种各样，并不是一个流派。戴望舒是现代派，可他也是象征派，而最初他还受新月派的影响。若说现代人用现代口语写，就算现代派，那范围太广，大家都是现代派了，结果也就不成其为派了。也许可以按写格律诗和自由诗分派，但写格律诗的没有人提出"格律诗派"，写自由诗的也没有人提出"自由诗派"。今天中国新诗勉强要找流派，或者说那种自发的刊物可算是一派，但它们里面也不统一，有的写得看得懂，有的看不懂，看不懂的或者叫意识流派，或者叫未来派，但它们也没有鲜明的主张，非这样或那样写不可，也没有大声疾呼要打倒一切，像苏联早年的未来派提出的：要从现代的轮船上把普希金的作品扔到海里去。而诗，作为精神食粮，首先应该有营养，即使营养不尽合适，至少要让人能咽下去。我们吃不惯西餐，西餐里有像生的火腿同甜瓜拼成的一道菜，我就不吃，我只能吃点炒鸡

蛋。凡是不习惯的东西，当然可以使它习惯起来，但必须看它有无营养价值，有营养价值的，可以从不习惯到习惯。

所以，作为流派讲，现在中国诗坛还没有产生，至少我还没有发现。不过听说有"风派"，这倒可以说是一派，它有它的地盘，它的读者，它的市场，因为很多人是健忘的。

关于时代的特点

我们这个时代的特点是什么？我觉得总起来讲，就是现代化。现代化是时代的特点，什么时候都要现代化。我们这个时代，假如勉强分析起来，把"文革"也算在内，算是开始开放的时代。从什么环境里开放的呢？说原来是封建的，法西斯的，不好讲！不过，封建的东西是不是轻而易举的消灭了呢？没有，还多得很，还在通过这样那样的形式表现出来。开始开放，就是开了一点缝，一点门，能够接受一点与旧习惯不同的东西。马克思主义是发展的，现在对马克思主义各有各的解释，社会主义也出现了各种类型。我只是说，开始开放，不是大开大放，只是说能够允许带有独立性质的思考，凭着自己的脑子可以想一些东西，敢于考虑摆在面前所不能解决的问题。假如能够写出这个开放的精神，就是反映了时代精神。这是每个人都在思考的，如何把自己的作品写得符合于开放时代的要求。有没有不开放的？有！不开放的东西大量存在，例如在创作上，规定只许这样想，不许那样想；只许这样写，不许那样写。

中国和外国隔绝得久了，也得开放开放，互相交流交流。就说文学，我们相互之间就很不了解。我到意大利访问，他们开了一批国内最大的诗人的名单。我们怎么办，我们没有一个读过他们的作品！他们把诗集一本本送给我们，我们也看不懂。实在有点悲哀。外国对我们很了解吧，也不见得。在法国，对我比较了解些，一九五八年出了一本《向太阳》，去年出了一本《艾青诗选》，今年我们自己也出了一本法文的《艾青诗选》。这样才算沟通了一点，了解一点，也只是一点而已。譬如，这次我在法国，有一个研究者来同我谈了一次，说可以写出论我的文章，我劝他不要搞，我说：我们国内有人搞了二十几年，也还没能搞出来，你同我谈了一下，怎么就可以很了解我？由于不开放，他们大抵是猜想的多，如英国有个研究我的人，准备考博士，论文中说我的《黑鳗》受《梁祝哀史》的影响；又说某首诗受莫泊桑小说的影响，连我自己都不知道，你说怎么办？

所以，我们时代的特点就是现代化，现代化就要开放，就要思想解放，就要中外交流，丰富我们自己，而我们的诗就要写得符合于开放时代的要求。

对青年诗作者的希望

对青年诗作者的希望，很大！这就是写出好诗来，各人按各人的兴趣写，自己想写什么就写什么，不听从这样写那样写的指令，思想解放一点，不要怕这怕那。怕什么？怕忽然飞来横祸。当然一点不怕也是假的，不怕也是怕，怕一点，不要怕得太厉害。

你们问：创作要注意些什么，或者来个"写作指导"？要"写作指导"的话，那就是：一、任何行业都不要写，因为任何行业都包括很多人；二、《百家姓》中的每个姓不要写，因为任何一个姓都有一大群人；是写我？写他？写谁？都要猜疑。你一动笔写了"邹"，就会被猜：是不是邹荻帆，还是已故的邹韬奋？哪个姓都不要写，所以鲁迅创造发明，写了个阿Q。你要写具体的人，就危险得很，不写姓，不写什么行业这些东西，也许就动不得笔了。看来只得这样做，如写爱情诗，多喊几句"爱情万岁！""少女万岁！"少女看了一定举双手赞成。其实，少女万岁就成了老太婆了，比老太婆还老太婆。

　　同志们还要我谈谈对未来中国新诗的想法。我讲过，我不会算命，也反对卜卦。有同志说："你说的这些，我们理解，但你毕竟在新诗的道路上走了几十年了，现在还在走，我们想知道你的想法。例如，过去你说过：'诗是生活的牧歌'，将来的诗还是生活的牧歌吗？那又是什么样的？是什么词，什么曲调呢？"我说：牧歌可以像牧羊人那样唱，也可以像进行曲那样唱，也可以像《苏武牧羊》那样唱。这个很难说。生活的牧歌，各人有各人的调。这里在座的有很多家，都是各自一家。我只是千家万家中的一家。

一九八〇年七月二十三日

艾　青
作品精选

散

文

散　文

忆杭州

九年前的这些日子——

每天，在吃稀饭以前，不论是晴天还是细雨罩住湖面的早晨，我常是一个人背了画具，彳亍在西湖的边上，或是孤山的树林间，或是附近西湖的田野里，用自己喜爱的灰暗的调子，诚挚的心，去描画自己所喜爱的景色。那时的我，当是一个勤苦的画学生，对于自然，有农人的固执的爱心；对于社会，取着羞涩的嫌避的态度；而对于贫苦的人群，则是人道主义的，怀着深切的同情——那些小贩，那些划子，那些车夫，以及那些乡间的茅屋与它们的贫穷的主人和污秽的儿女们，成了我作画的最惯用的对象。

因为自己处境的孤独，那种飘忽与迷蒙，清晨与黄昏的，浮动着水蒸气的野景，和那种为近海地带所常有的，随气候在幻变的天色，也常为我所爱。

除了绘画，少年时代的我，从人间得到的温热是什么呢？

我曾凝视过一个少女的侧影，但那侧影却不曾在我的画册上留下真实的笔触之前就消隐了。

我曾徘徊于桥头，曾在黑夜看过遥远的窗户上的灯光。

就在那时，我开始读了屠格涅夫，而且也爱上了屠格涅夫。

西湖，是我的艺术的摇篮，但它对于我是暧昧的，痛苦的。它所给我的，是最初我能意识的人生的寂寞与悲凉——我如今依然很清楚地记忆到，在一个细雨的冬天的早晨，寒风从那些残败了的荷

叶丛中溜过，我在一个墙角，曾落下了冰冷的眼泪。

杭州是可咒诅的了。

第二年的春天，我离开了杭州。想起它时，只是充满了懊丧与埋怨。

大海的浪，冲去了我心中的那种结郁，旅行给我以对于世俗的忘怀。

我所住的不再是那中世纪式的城市：机械与人群的永不休止的呼嚷，使我忘去了孤独，生活影响了我的思想，也改变了我的审美的观念，我开始使自己了解人类文明的成果，我能用鲜明的对照的彩色来涂抹我的画册了。

几年后，我曾几度在旅行中经过杭州，每次经过时，也不知由于畏惧呢还是由于憎厌，心底里像有一种隐微的声音催促着我："不要停留呵，不要停留呵……"就像我是从它那里逃亡了似的。

今年九月，我又在杭州住下了。

它仍是使我感到沉闷、窒息、难以呼吸。

我仍是用逃避的脚步，在街上走着，在湖边走着。

西湖没有什么变化——迷蒙，飘忽，柔软。人们依然保持着中世纪的情感在过着日子。一种近似伪饰的安闲浮泛在各处。

战争并不曾惊动他们，他们——杭州的市民，有多少曾为民族的命运顾虑过呢？

我的绘画学生时代的教师们，多数仍在西湖，他们都买了地皮造了洋房，成了当地的名流，有的简直不再画画了。

十一月，敌人已从金山卫登陆，杭州在军事上已极重要，但除了单纯的军事的调防之外，负责当局仍不曾在民众运动上开放过——个人的地位与荣禄使他们忘却了整个民族的厄运。

最后，我教书的学校，没有学生来上课了，我也就借了盘费，离开杭州。

不久，听说杭州的居民已逃走，省政府与省党部都早已迁至金华，而那在临走前两天还劝人们"高枕而卧"的《东南日报》，也改在金华出版了。

有一天，我在一个村上遇见了一个背了包袱的警察，他说是从杭州逃出来的——他走时，城里已三四里路看不见一个人影了。

那时，敌军还不曾攻嘉兴。

今天，我在想念着杭州……

我不能违心地说我爱杭州，它像中国的许多城市一样，挤满了偏窄的、自私的市民，与自满的卑俗的小职员，以及惯于谄媚的小官僚，和专事奉迎的文化人，他们常以为自己生活在无比的幸福里，就像母亲似的安谧。在他们，从不曾想到会有如此大的祸患，真实的落在自己的头上。他们恐怖着灾难，但他们不会反抗、而且也不想反抗，最后，他们逃跑了——却仍旧不曾放弃掉偏窄，自私，自满，谄媚与奉迎；所放弃的是农人们给他们耕植的土地，和工人们给他们建筑在土地上的房屋。

今天，敌人已迫近了杭州，明天或后天，我们的英勇士兵，将以温热的血与肉，作着保卫杭州的防御战了。

杭州，从来弥漫着和平的烟雾的西湖，将要弥漫着战争的烟火了。

或许，敌人的残暴的脚步，很快就踏遍了整个的杭州；或许，敌人的兽性会把西湖的一切摧毁；或许，西湖的血会染成紫红的颜色……

但是，我们却应该为杭州欣喜，因它愈为怯懦的、无耻的人们所弃，却愈为英勇的、坚强的战士们所爱，它将在敌人与我们间的争夺战中惊醒过来……

今天，我想念着杭州，我想念着，眼前就浮起了它少时的凄凉，我是极度地悲痛着，但我却不再流泪了。

我以安慰自己的心情，默诵着这为我最近所爱的话："让没有能力的，腐败的一切在炮火中消灭吧；让坚强的，无畏的，新的，在炮火中生长而且存在下去。"

一九三七年十二月二十五日

西　行

金华车站。早上八九点钟。

我追上一个车站里的办事员："先生，几点钟有车到南昌?"

"十二点。"他并不停止走路，也不把头朝向我。

我们继续等。

在月台的旁边，还是停着那早已到站了的列车，里面挤满了伤兵，难民，行李。

据说，我们就要等这车开走了之后，另外的车来了才可以上车。

时间过去，我们等着。……

"先生，到南昌的车还不卖票吗?"我又追上了另一个办事员。

"不卖票，有车，挤上去就是了。"声音是很低的。

车站里，很多伤兵睡在铺了一层稻草的地上。

有几个用稻草燃起了火，伸手取暖。

墙上贴了一些路工团体的标语，漫画。在走进月台的门口那儿，贴了一份《浙闽赣边为共产党员来归告民众书》

妹跑来，说在挤满了人的那排列车的那面，还有一排列车，很多人就从车厢下面的铁轮边屈着身子走过去。

我们也就从车厢下面的铁轮边走过去。

一排列车停着，从每个车窗看去里面都挤满了人。这也是到南昌的车。

我们挤上去。

在厨房车的过道间用铺盖和皮箱安排了我们的座位。

时间过去，我们等着。……

我旁边站的是一个伤兵，他是从前线归来的，我们谈上了——谈话的中心是后方的民众运动的欠缺。他时常摇着头，叹着气，阴郁的眼射出灰暗的光，凝视着车窗外面。

"昨天，我在这里（金华）看见一个伤兵在街上卖他的仅有的一条军用毯——他是已饿了两天了。后来，我给了他两毛钱。"

"到处的伤兵医院都说人满，拒绝收容。"

摇头，叹气，失望的眼。

夜了，车还是停着。

在黑暗中，只看见火车头在轨道上徐徐地，来回地驶行着。强烈的灯光扫射着车站附近的景物。汽笛尖锐的嘶叫冲破这黑夜的静寂——真的，我会极度的为这现代的生物所感动，而且爱上了它。

九点多钟时，车终于开了。

车厢里没有一点灯光，很静。间或有小孩的哭声。也很快就被母亲们的催眠声音带走了。

我看着车窗的外面。……

机头的灯光照耀着轨道两旁的原野。我这黑夜里的乘车者，很安然地让自己内心的波动随着这铁轮的转轧的有节律的声音展开我的思绪，我是如此的坚定：这披示给我的漫长的行程和广大的中国的土地，都使我有做一个中国人的强烈的欢喜与骄傲。

黑夜甚至带给我一种宗教的情感，纯朴地愿望着祖国能早日从少数人的自私与顽固的枷锁里解脱，明日的自由的天国，不就在我们的前面了么。……

夜行的列车，愿你加速驰行吧。……

醒来时，感到寒冷，知道天快要亮了。

在晨曦中，三四个六七岁的小孩唱着"打回老家去"。

歌声里，传出了中国的悲哀与对于解放的遥远的呼叫。这歌声，给我在我的眼前描出了一幅在冰天雪地中的东北义勇军行军的美丽的图画。

到玉山时，天已完全亮了。

当车离开玉山时，我就留心着要发现"碉堡"——昨日的，我们民族的不幸的疮痕。

看吧，那土红色的岩石砌成的"碉堡"，对它们除掉古旧的凭吊的感情之外，还能说什么呢？历史带给人们的常是对于已往的罪行的宽恕么？

有些"碉堡"上，依然还留有"剿匪安民""土匪不灭，民众不安"等标语，倒是可哀的古迹呢！

车至南昌，已是夜间十时左右了。

出车站时，路警强索车票。

争执的结果，补半票（他得钱，我们不得票）。我们一共六人，我就眼见他把二十四块钱的纸币放进了裤袋里去。

乡 居

我搬到乡间来了，住在一个农人家里，我的隔壁是一个猪栏。

房间是低矮的，站起来，伸手可以触瓦片。在倾斜着的屋顶中间，嵌了两片明瓦，整天，阳光从这透明的洞里射进来，直到微湿的泥地上，成了两片浅黄色，于是，时间就以无比悠闲的脚步，移动着……

房子的四壁是泥墙，上面遗留着已经破烂的白报纸，在这白报纸上，有着许多土黄的条纹，显然的，这是被雨水冲化了的墙土流到上面所留下的痕迹。

那唯一的小窗，从倾斜着的顶屋的最低部分垂直下来，占了最矮的一面泥墙的中上部，恰好占了那泥墙的六分之一的空间。而窗子外面是小天井，对面是被柴烟熏成乌黑了的厨房。

当我来租这房子的时候，这房子原有的房客已搬走了，但还留下一部电话机，而屋瓦的上空也还横着一条未曾拆去的电话线。房东告诉我说，那房客是航空机关里做事的，随时有电话来报告敌机的进袭情形，所以，房东说，如有警报，总是先知道的。

房间里充满着的，是何等强烈的猪栏的奇臭啊。这气味，是如此辛烈，如此复杂，如此放任地蒸发着而没有一刻停止啊……

而我终于住下了，同时，我还很安谧，好像只有这样，我才能更和生活抱得紧一点，我的情感也更显得伏帖，像那些畜生之于土地一样。

　　我的房东是一个农夫，他的妻子和他的弟媳在坐着捡毛芋，他的两个孩子就匍匐在那铺在地面的席子上。

　　那个六七十岁的老妇是他的母亲，今天当着只有她一个人在家时，我去讨开水，和她谈起来了，她告诉我，她有三个儿子，第三个出门十年了，打仗去的，已经两三年没有消息了，她说这话的时候竟那么平静，像述说一只鸡死掉一样，似乎在她的观念里，战争是一种再平凡不过的，而且是宿命的事。

　　房东指给我一个解手的地方，离他的房子十丈多远，石块堆成两尺多高的短墙，粪坑就朝天仰开着，而当我在大便时，四周竟毫无遮蔽。而整个粪坑都拥挤着粪蛆，拥挤着拥挤着，拥挤就是它们生命唯一的活动。

　　但是，这究竟是何等奇异的变动啊，这一切都滞留在最粗陋的条件里的村庄，这原是只有几代都生长在这里的人在住居的村庄，已增加了十倍以上的村民了，而这些村民，来自如此不同的遥远的地域，和如此不同的身分，战争把他们捣散了，却又重新把他们汇集在一起。黄昏的时候，树下坐着一些男女，他们的口音的繁杂所给我们的感觉真是何等怪异啊……

　　柚子树已结成很大的果实了，在那些树枝与树枝之间，搭着一根一根的竹竿，上面飘晒着无数杂色的衣服，那么多的西装衬衫，那么多的女子的旗袍，刺激人的胸搭和短裤和一些零乱的布片啊……而在较远的处所，那更长的一根竹竿上，却很整齐地飘晒着几十件中国兵士的草黄色的军服。

　　那些留声机唱片的声音，从飘散着植物的气味和动物的气味混合着的空气里流来，一曲西班牙的恋歌之后，接上了那到处都可以听见的璇宫艳史里的歌片，和其它的等等，我好像看见那些旋律与音韵，它们从那石阶拾级而上，转进了星布着畜粪的石铺的小巷，在那一只母牛啮草的空地盘旋一圈，就向田野与空旷消逝了。

　　这些原是只能听见几种家畜的单调的鸣叫的中国的小村庄，现

在已由于那些异邦的名歌而富有现代风味了。

昨天我来这村庄找房的时候，在一座房子的中堂里铺了很多床铺，军用毯是那么整齐而又平妥地放在一边，而那些钢盔——这些每次看到时都曾使我肃然起敬的东西，就压在每条军用毯的中央，静寂而又坚定。

早晨，我走在村边，有着两群士兵在田堤上，散乱而沉默，有的用望远镜在凝视远方的山峰，有的用测量器在测量那些山和田野的地形……他们显得如此肃穆，像在举行着一个比结婚与送丧更庄严的礼节。

有人劝告我不要在这村庄停留，我追问了他的理由，他终于说这村的背后是我们的高射炮阵地，但这消息竟如此蛊惑了我，我是应该安然地，比任何地方比任何时候更安然地住在这里了，我并且愿望着敌机的到来……我想，在那些树荫浓密的地方，在那些田野上，将会发出舒泄了整个民族的愤恨的，任何力量也难于压制的暴叫声来。

如今，我更能欣赏中国的风景了，我似乎在每条河流的边上，每一个山峰里，每个树林的深处，都看到了一些东西，这些东西像是蛰伏着的，他们蛰伏着，像死了一样的静寂，却没有一秒钟不以可怕的惊觉去等待那使它们突然跃起，或是突然嗥鸣起来的一刹那，那一刹那所发出的美丽是亘古未有的。

如此，我在中国的土地上生活着，而感到无比的幸福。

一九三九年八月

坠 马

  沿着城墙，我们走在那由城墙上的茸乱的草覆盖着的小道上。这小道由于早晨的凉爽格外显得幽僻了。

  当我们走了一段路，突然发现了一匹倒卧着的，有茶黄色的毛的马，它的壮大的身躯，几乎塞住了小道的宽度。

  我们惊骇了，这惊骇夹带着无限的颓丧与哀怜。……

  那茶黄色的马，它横躺着，四脚是硬直的了，而它的肚子鼓胀着，这样，竟使它横卧着的身躯的很多部分都不能触到地面……

  三四个人站着看它，漠然地，它像了解了人们用怎样的感情在看它，于是它很倔强地抖动着，全身都很痛苦地抽搐了几下，伸长了颈子，仰起了头，用着无力的眼，不甘心的眼，微湿的眼，看看人们，看看城墙。

  城墙上是野草茸乱着，这绿的陷阱啊，我们的倔强的生物，就从那两丈高的上面坠下了。

  在马所坠下的地方，几块石头被马蹄踩去了，陈年的乌黑的古城堞上，就露出了一片金黄色的泥土……

  牧马者呢？他一定很早就从绿色的边境消逝了，现在他一定在进行着别的工作了——人可以想象到，他是一个士兵，穿着草黄色的裤子，粗布质的白衬衫，早上一起来，他就把他的主人骑的马，放牧在城墙上……

  而它现在却从警戒着死亡的不测中坠下了，横卧着，无力地把

头颈贴在地上，从裂开着的嘴里，从有着阔大的白牙的嘴里，流出了一些混浊的液质……

这该是一匹将军骑的马……

它的主人也像它一样的俊美……

祖国卫士的战争一开始，它该是和它的主人一样激奋吧。想一想它的高昂的头颅，夹带硝烟的原野风吹动着它的鬃毛，它的嘴裂开着，向高空里汹涌着的白云长啸，那姿态该是何等令人叹赏啊……

而当敌人带着疯狂的胁迫来临时，它该是最甘愿地背负了这它所生活的民族的神圣的愿望，以欣喜的脚蹄，在山林里，在峰峦间，在尘烟滚滚的长道上，轻快地，奔赴到那涌起烽火的天边去完成斗争的任务吧！

而在浓密得窒息人的炮火里，在喧闹着的子弹声里，在震耳的轰响里，它将更能以自己全部的机智与勇敢，伴随着它的英勇的主人，穿过千百次的危险与恐怖吧……

而如今，它在不幸里倒地了；它跌得如此惨痛，这惨痛由它肉体所感受到的，该远不如由它精神所感受到的深吧？它是完全失去挣扎的力量了，甚至连再在这小道上站立起来也不可能了。

它倒下了，像那些身经百战，永远披着光荣回来的英雄，却被一种难于医治的疾病所苦一样，它是只能以灰暗的眼睛，呆钝地看着环立在它身边的人，而人们对它也毫无援助的力量了。

能有多久呢——它将在这难言的悲愤中结束它的生命？还有它的那伙伴——那每天把它放牧在草地上的士兵呢？他将为它的不幸而谴责自己的疏忽是无疑的了。

还有，那曾经和它共生死，一起呼吸着仇恨与斗争的气息的，由它而使他完成了无数光荣的使命的，那爱它如爱他自己的生命似的主人呢？他将也会由于它的这不测的变故而痛苦，甚至掉下那诚挚的灼热的泪水么？

这一切都于它有什么用呢？它是痛苦得如此深沉，深沉到没有一个人敢于去承认；它是无望了，它将如此懊丧地死去，它将带着永远不能填补的恨怨死去，就为了它不是死在那浓密的炮火里，不死在喧闹着的子弹声里，不是死在震耳的轰响声里，却死在遥远的，僻静的，古旧的城墙之下，一条空无人迹的阴暗的小道上，而且，更是死在使它难于想起的，脚蹄之一次空虚的践踏所造成的悔恨里啊……

因此，它不是比英雄的史诗似的行动更加值得诗人去讴歌么？

一九三九年八月十八日桂林

埋

几天来的细雨已停了。

我们走下那被充满着水汽的松林覆盖着的土红色的小山时，我们就看见在那沿着山脚蜿蜒的路的旁边，有一片凹凸不平的草地。那里，正有一个穿着灰色制服的年轻的士兵伴随三个农夫模样的人，在挖着松湿的棕红色的泥土———一口粗陋的木棺，放在较远的地方，那杠抬的木杆，和捆绑的麻绳，都还不曾解下。

秋天的下午是宁静的。天幕阴暗，从群山的夹谷里，不住地升腾起来的白雾，一到天际，却变成很灰暗的云团，密密地罩着上空……

整个的田野，因为没有了像平常那样的阳光的照耀，显得毫无光彩；而几天来的细雨，也把那些随便地分布在田野和山坡上的，杂色的落叶木的林子的原是浓密的叶丛，摇落得露出稀疏的枝干了。

山边的道路是润湿的，因为行人稀少，并不显得泥泞；它离开山，从田野那边，曲折地伸进远远看去竟是那么阴郁的山坡和村庄所构成的阴影里去。

而路旁的这方小小的草地上，人们正在挖掘着棕红色泥土，一锄一锄地，想把泥土锄成了一条浅浅的长方形的坑……

在一个也是下着细雨的晚暮，沿着泞滑的江岸，透过迷蒙的夜色，从那停泊在江边的乌篷船里，我们曾看见一些士兵抬着舁床走出，一个接连着一个，踏上舢板，一级一级地走上了石级。当我们候立在细雨里，努力向夜的黑暗中注视，看见他们近来，直到我们的身边时，我们低下头痛楚地看见了在那些污秽的舁床上，蜷卧着的是带着沉重的创伤回来的，穿着沾满了自己的血和他所倒卧下去的地方的泥土的衣服的兵士们，如今他们是痛苦地呻吟着，那声音的沉浊，竟如一只生物，饮了猎人所射击的子弹，满怀愤恨而回到自己的巢穴时所发出的悲哀嗥鸣一样啊……

而那些抬着舁床的士兵们，无声地，用急迫的步伐，从街巷间匆匆地走过的时候，他们竟守住那样可怕的沉默，就像深夜间抬着自己的亲兄弟一样，而这亲兄弟就是为了和他的生命相攸关的某种斗争所牺牲了似的，他们沉默地前进着——因为他们所抬的东西的重量远不如他们心里所感到的重量来得困厄啊——四只脚跟跄地接连溅起了那些石铺的小路上的水潦，一直朝向黑暗而又狭窄的街巷的那边走去……

这些日子，我很害怕跑到街上去，好像心中永远被某种痛苦充塞着，这种痛苦是难于说出它的名字的——就像一种事情自己从来看作神圣的，却没有去做，如今有人做了，而做的人竟付出了那么可怕的代价，我就羞于看见他的——它啮蚀我的心，直到使我觉得这些日子像丧失掉了亲人似的阴暗而忧伤。

不只一次了，我体验到这些穿着草黄色的脏制服的命运，他们每日以最粗糙的草秣饲养了自己，而又以一个生命所可能贡献出的血液，毫无悔恨地，去染红了无边的暴怒了的土地——他们终于被戮杀了，才又抬回到遥远的地方来。当他们三三四四地走在街上，困苦地彳亍着，或者支撑着手杖，或者一只手平挂在胸前，脸上所呈露的是何等辛酸的表情啊……即使有时显出了傲慢与倔强，但那傲慢与倔强和这些每天在闲适里过日子的市民的平静与无关心相对照的时候，令人感到的，又是何等可悲的空虚啊……人们对他们不仅不给些微的关怀，有时甚至疑虑和嫌避，是的，人们甚至嫌避他

们，像走路时嫌避那被掷在路中心的涂满了脓与血的布团一样……

于今，那三个掘墓人已把土坑掘好了。他们正在向那黑色的木棺走去。而那年轻的士兵，他走近了我们；我们是站立在离那土坑几丈远的地方看着他们的。

这里一排有十二个墓堆，寂寞地排列着，它们的上面却还不曾长草，显然的，他们都是新近才埋葬的。

"他们是一起死的吗？"

"不，有时一天死一个，有时一天死两个……"

"他们都是新近来的吗？"

"是的。"

那十二个土堆竟排得那样整齐，一个挨着一个，距离是那么均等——啊，他们在生前不也是以自己的生命安放在绝对的秩序里的么？如今他们死了，人们又把他们安排在永远的整齐的空间里了。由靠近我们这面数过去，一连四个已经在土堆的前面立了一方小小的石碑，在那四块石碑上，刻上了死者的简单的年龄，籍贯，番号，以及姓名，由于一种徒然的同情，我们把他们抄下了：

二十四岁　四川人

陆军第六师三十三团新兵廖云青墓

三十二岁　江西人

陆军第二十一师一二二团卫生队左作新墓

三十岁　湖南人

军政部第四补训处二团九连二兵周敏修墓

五十二岁　湖南人

陆军第十五师九十团三连二兵罗步云墓

关于这些死者，人们所可能知道的，都在这里了。

其他八个还没有立碑，据说去刻了。

而现在那三个掘墓人已把那黑色的棺材抬动……那棺材所将安放的，就是从这边数过去最后的一个——也是第十三个墓的地位。

一九三九年十月三十日

虫

蛔　虫

我病了。接连着两天都泻，吐。

第二天，我发现了在大便里有一条蛔虫——微红色，韧性地转动着。

有人告诉我：蛔虫寄生在人的大肠里，是决不只一条的，有的多到几百条。

又说：蛔虫寄生在人的大肠里，当人体强健时，它是不大会被便出来的，当人体衰弱到已不能养活它时，它才被便出来。

于是我吃了杀虫药。

第二天，我又便出来两条。

我终于陷进莫深的厌恶里了：当我一想到我无论吃了什么富有营养的东西而脸色仍旧是苍黄，当我看见它在吸尽了我的营养之后，在我的身体不能再养活它又终于被便出在拥挤着粪蛆的粪坑里的时候，我突然由它而遥远地联想起一些事，我的心强烈地燃烧着对于这寄生虫的憎恨。

蜘　蛛

当那些下雨的日子，蜘蛛就在我们所不注意的时候织起了网。

那网是从这边的一根柱子作为起点，一直伸张到屋檐去的。它在那从阴暗的屋檐到明亮的天空之间张开着。

那永远沉默的蜘蛛，安眠在网的中心。

从早上到黄昏，无数的飞虫，蛾类，想从阴暗飞向明亮去的，都在触到那网的时候，被俘虏了。

那些小虫，无援助地挣扎着，挣扎着，终于寂然不动了。网上就黏满了无数小虫的尸体。

蜘蛛醒来了，它徐缓地动着脚，开始向自己所统治的网面上爬行……

它满足地一个一个地把那网上的俘虏取来吞食。

吃完了所有的小虫，它像要完成一定的计划似的，把那网扩大起来——如此它将可以更多地捕获它的俘虏。

这似乎是一种可怕的规律。它的身体，随着网的扩大而更加肥胖起来……

蚯　蚓

院子里的蚯蚓一到冬天就都蛰伏在泥土里，不翻土了。它们以安定的信心，等待明年的温暖。

不知是谁在院子里倒了一点石灰，石灰经了一次雪，被融解而且冲浸到泥土里去，于是泥土温暖了。

蚯蚓都从睡眠中醒来——以为春天已来了，它们开始了它们的忠实的工作——翻土。

但石灰是含有碱性的，蚯蚓一接触到它，就被杀死了。

现在，在那灰白色的石灰水里，像一些短带子似的沉在水底的，就是蚯蚓的可怜的尸体。

蜜　蜂

春天来到我们的园子的时候，空气里就流散着百花的香粉和蜜蜂的嗡嗡声了。

一个人在那些花树下站着，看着花朵，看着使目光眩惑的花丛，看着蜜蜂，看着把头没入花蕊里去吸取花粉的蜜蜂……

无数的蜜蜂，每一朵花里都有一只蜜蜂。

忽然一只蜜蜂飞到那人的脸上，他被这意外所惊慌了，几乎是下意识地用手去拍它——接着他惊叫了一声，被刺了。

蜜蜂的刺留在那个人的脸上了。

每只蜜蜂都有一根刺——这是它们用来保卫生命唯一的刺，用来防御生命第一次蒙受侵害的武器；像那些只有一根箭的射手或是只有一颗子弹的哨兵一样，蜂的刺一失了，蜂的生命也完了。

因为没有刺的蜜蜂很快就要死的。

白　蚁

我搬了房子了。

这房子是一个整齐的长方形——有二个雅致的窗子，前面的窗子可以看见高山，后面的窗子可以看见竹林。

我是欢喜这房子的。

而且它还有楼——可惜楼梯被取去了。

第二天，我向房东要来了楼梯，我很想利用这楼。

我满怀兴奋，踏上梯子——但等我上楼时，我失望了。

当我用脚走在楼板上时，楼板就发出一种细微而可怕的声响，而且我的脚感到往下沉——这层楼的木已完全被白蚁蛀成空洞了。

那些小动物是看不见的，它们几乎永远是秘密地在进行着破坏人类的辛勤的建造。

当我一想象到它们既是那样难于发觉，却又那样普遍而众多，我的心竟起了一阵寒噤。

画鸟的猎人

一个人想学打猎，找到一个打猎的人，拜他做老师。他向那打猎的人说："人必须有一技之长，在许多职业里面，我所选中的是打猎，我很想持枪到树林里去，打到那我想打的鸟。"

于是打猎的人检查了那个徒弟的枪，枪是一支好枪，徒弟也是一个有决心的徒弟，就告诉他各种鸟的性格，和有关瞄准与射击的一些知识，并且嘱咐他必须寻找各种鸟去练习。

那个人听了猎人的话，以为只要知道如何打猎就已经能打猎了，于是他持枪到树林。但当他一进入树林，走到那里，还没有举起枪，鸟就飞走了。

于是他又来找猎人，他说："鸟是机灵的，我没有看见它们，它们先看见我，等我一举起枪，鸟早已飞走了。"

猎人说："你是想打那不会飞的鸟么？"

他说："说实在的，在我想打鸟的时候，要是鸟能不飞该多好呀！"

猎人说："你回去，找一张硬纸，在上面画一只鸟，把硬纸挂在树上，朝那鸟打——你一定会成功。"

那个人回家，照猎人所说的做了，试验着打了几枪，却没有一枪能打中。他只好再去找猎人。他说："我照你说的做了，但我还是打不中画中的鸟。"猎人问他是什么原因，他说："可能是鸟画得太小，也可能是距离太远。"

那猎人沉思了一阵向他说："对你的决心，我很感动，你回去，把一张大一些的纸挂在树上，朝那纸打——这一次你一定会成功。"

那人很担忧地问："还是那个距离么？"

猎人说："由你自己去决定。"

那人又问："那纸上还是画着鸟么？"

猎人说："不。"

那人苦笑了，说："那不是打纸么？"

猎人很严肃地告诉他说："我的意思是，你先朝着纸只管打，打完了，就在有孔的地方画上鸟，打了几个孔，就画几只鸟——这对你来说，是最有把握的了。"

养花人的梦

在一个院子里，种了几百棵月季花，养花的认为只有这样才能每个月都看见花。月季的种类很多，是各地的朋友知道他有这种偏爱，设法托人带来送给他的。开花的时候，那同一形状的不同颜色的花，使他的院子呈现了一种单调的热闹。他为了使这些花保养得好，费了很多心血，每天给这些花浇水，松土，上肥，修剪枝叶。

一天晚上，他忽然做了一个梦：当他正在修剪月季花的老枝的时候，看见许多花走进了院子，好像全世界的花都来了，所有的花都愁眉泪睫地看着他。他惊讶地站起来，环视着所有的花。

最先说话的是牡丹，她说："以我的自尊，决不愿成为你的院子的不速之客，但是今天，众姊妹们邀我同来，我就来了。"

接着说话的是睡莲，她说："我在林边的水池里醒来的时候，听见众姊妹叫嚷着穿过林子，我也跟着来了。"

牵牛弯着纤弱的身子，张着嘴说："难道我们长得不美吗？"

石榴激动得红着脸说："冷淡里面就含有轻蔑。"

白兰说："要能体会性格的美。"

仙人掌说："只爱温顺的人，本身是软弱的；而我们却具有倔强的灵魂。"

迎春说："我带来了信念。"

兰花说："我看重友谊。"

所有的花都说了自己的话，最后一致地说："能被理解就是幸福。"

这时候，月季说话了："我们实在寂寞，要是能和众姊妹们在一起，我们也会更快乐。"

众姊妹们说："得到专宠的有福了，我们被遗忘已经很久，在幸运者的背后，有着数不尽的怨言呢。"说完了话之后，所有的花忽然不见了。

他醒来的时候，心里很闷，一个人在院子里走来走去，他想："花本身是有意志的，而开放正是她们的权利。我已由于偏爱而激起了所有的花的不满。我自己也越来越觉得世界太窄狭了。没有比较，就会使许多概念都模糊起来。有了短的，才能看见长的；有了小的，才能看见大的；有了不好看的，才能看见好看的……从今天起，我的院子应该成为众芳之国。让我们生活得更聪明，让所有的花都在她们自己的季节里开放吧。"

一九五六年七月六日

蝉的歌

在一棵大树上，住着一只八哥。她每天都在那儿用非常圆润的歌喉，唱着悦耳的曲子。

初夏的早晨，当八哥正要唱歌的时候，忽然听见了一阵震耳欲聋的嘶叫声，她仔细一看，在那最高的树枝上，贴着一只蝉，它一秒钟也不停地发出"知了——知了——知了——"的叫声，好像喊救命似的。八哥跳到它的旁边，问它："喂，你一早起来在喊什么呀？"蝉停止了叫喊，看见是八哥，就笑着说："原来是同行啊，我正在唱歌呀。"八哥问它："你歌唱什么呢？叫人听起来挺悲哀的，有什么不幸的事发生了么？"蝉回答说："你的表现力，比你的理解力要强，我唱的是关于早晨的歌，那一片美丽的朝霞，使我看了不禁兴奋得要歌唱起来。"八哥点点头，看见蝉又在抖动起翅膀，发出了声音，态度很严肃，她知道要劝它停止，是没有希望的，就飞到另外的树上唱歌去了。

中午的时候，八哥回到那棵大树上，她听见那只蝉仍旧在那儿歌唱，那"知了——知了——知了——"的喊声，比早晨更响。八哥还是笑着问它："现在朝霞早已不见了，你在唱什么呀？"蝉回答说："太阳晒得我心里发闷，我是在唱热呀。"八哥说："这倒还差不多，人们只要一听到你的歌，就会觉得更热。"蝉以为这是对它的赞美，就越发起劲地唱起来。八哥只好再飞到别的地方。

傍晚了，八哥又回来了，那只蝉还是在唱！

八哥说："现在热气已经没有了。"

蝉说："我看见了太阳下山时的奇景，兴奋极了，所以唱着歌，欢送太阳。"一说完，它又继续着唱，好像怕太阳一走到山的那边，就会听不见它的歌声似的。

八哥说："你真勤勉。"

蝉说："我总好像没有唱够似的，我的同行，你要是愿意听，我可以唱一支夜曲——当月亮上升的时候。"

八哥说："你不觉得辛苦么？"

蝉说："我是爱歌唱的，只有歌唱着，我才觉得快乐。"

八哥说："你整天都不停，究竟唱些什么呀？"

蝉说："我唱了许多歌，天气变化了，唱的歌也就不同了。"

八哥说："但是，我在早上、中午、傍晚，听你唱的是同一的歌。"

蝉说："我的心情是不同的，我的歌也是不同的。"

八哥说："你可能是缺乏表达情绪的必要的训练。"

蝉说："不，人们说我能在同一的曲子里表达不同的情绪。"

八哥说："也可能是缺乏天赋的东西，艺术没有天赋是不行的。"

蝉说："我生来就具备了最好的嗓子，我可以一口气唱很久也不会变调。"

八哥说："我说句老实话，我一听见你的歌，就觉得厌烦极了，原因就是它没有变化；没有变化，再好的歌也会叫人厌烦的。你的不肯休息，已使我害怕，明天我要搬家了。"

蝉说："那真是太好了。"说完了，它又"知了——知了——知了——"地唱起来了。

这时候，月亮也上升了……

一九五六年八月四日

我曾经喜欢……

我小的时候，喜欢到附近的小河边去拣晶莹的小石块，玲珑透剔的小石块。

我年轻的时候喜欢美术，我曾经学习绘画。

一九三二年七月，我在上海被捕，不能再从事绘画了，我就以写诗来抒发我的情怀。从此，我和诗结下了不解的缘分，直到今天。

我以诗反映我所生活的时代。抗日战争时期，我写了大量有关抗战的作品：《向太阳》《火把》《雪里钻》《反法西斯》……延安文艺座谈会之后，我写了大量歌颂劳动英雄的诗；解放后，我写了《欢呼集》《宝石的红星》《海岬上》《黑鳗》；十年动乱之后，我写了大量控诉"四人帮"罪行的诗。

我把我的心血都灌浇在诗的创作上。

但是，人各有癖好。

我喜欢收集小工艺品，包括各国的小玩意儿：中国的橄榄核雕的小船，日本的象牙雕的花生……

我喜欢葫芦，惊叹大自然的创造，收集各种类型的葫芦：双腰的、长柄的、圆形的、八角的、大的、小的。我曾经买到一个小葫芦，只有豌豆那么大的，双腰的小葫芦，据说是清朝的小葫芦。可惜被一个朋友给掰断了。

我喜欢海螺，收集了不少的海螺，大的像皇冠，小的像珍珠，黄的像玛瑙，绿的像翡翠。我常常为了想购买一个海螺，往返几次，徘徊在商摊旁边。

一九五四年，我到南美洲，在聂鲁达的别墅里看见了他所收集的上千上万的海螺，我真羡慕啊！

一九七九年二月，我同诗人们到海南岛，在海边拾海贝。一个海浪扑来，推上来几个小海贝，海浪退了，我马上跑去拣，不料又一个海浪扑来，把我的衣服打湿了，我曾大声地叫嚷："海浪打了我一巴掌！"但，我是高兴的。等大家都休息了，我把拣来的海贝冲洗得干干净净，摊在桌子上欣赏，然后用手绢包起来。

我曾写了一首《拣贝》：

> 大海的馈赠
> 　　是无穷的

> 阳光下到处是
> 俯身可取的欢欣

> 海滩上的天真
> 　　浪花里的笑声

我喜欢椰子壳，我常到水果铺去挑选各种椰子，回来用刀斧劈去它的外皮，把内壳细心加工，制成各式各样的盒子。上海画家唐云很赞赏，并且要了一个作为纪念。

我记得五十年代，我曾在印度展览会上买了一个孪生的连体的大椰子壳的半边。我随身带了它很久，现在已不知道它到哪儿去了。

我喜欢核桃壳，挑选了特别大的、特别小的，形状奇怪的核桃壳。

在哈尔滨省委招待所的院子里，有许多棵很大的山核桃树，我在那里时，正当核桃成熟了，大风一吹，纷纷掉下来。我每天去拾，

搓去外皮，洗了晾干。我拾了一筐，我就是喜欢它们。

我也写了一首《山核桃》：

一个个像是铜铸的
上面刻满了甲骨文
也像是黄杨木的雕刻
玲珑透剔、变化无穷
不知是天和地的对话
还是风雨雷电的檄文

我也喜欢化石。我搜集了远古的小动物的化石：鱼化石、蚌壳化石、螃蟹化石，我现在还保存了一个鸵鸟蛋的化石。

我喜欢这些东西，常常废寝忘食。格言说："玩物丧志。"我也的确为它们消耗了时间。

但是，它们转移了我的过于疲劳的思维活动，使我的脑子得到了充分的休息。

大自然是慷慨的。所有这些就是它的馈赠，它的施舍。我从这些东西得到了美的享受，因之，我也更爱生活。

怀念天山

天下的名山大川很多，惟独天山和我的关系最深。最近我坐飞机从欧洲回来，在飞越中亚细亚之后，我问航空服务员："什么时间到新疆？"我的目的是要从高空看天山。临到国境线上，我从一万米的上空看下界的万重山，时间是早晨，天山的雪峰映着初阳，像大海中的万顷波涛奔腾而过……

天山！雄伟的天山！壮阔的天山！

我就曾经在这茫茫无边的群山的脚下生活了十六年，占我的生命的四分之一的时间，今天我看到它，怎能不激动呢？

我是在一九五九年冬天到新疆。从那之后我曾多次进出玉门关。我从星星峡、哈密到吐鲁番的路上看见了火焰山。远远看去，好像在燃烧着千年不灭之火，难怪古代的诗人由它而产生了神话。——孙悟空借了铁扇公主的扇子想扑灭火焰山。

我第一次到乌鲁木齐之后，我接受了一个任务，写一个活动在天山一带的出色的驾驶员。我几次到天山里面的一个峡谷——后峡，从住帐篷到住楼房，那儿有一个新建立的钢铁厂，交识了不少人。我曾几次到一个四千多米高的明槽——南北疆分界的地方，那是个新辟开的山口，风很大，有一次还刮着风雪，而山下却是一片骄阳。

在明槽附近有一片永不消融的冰大坂，很大的银白色的平面，谁也不知道那儿的冰有多厚。

那时，我们所走的是一条解放后新开辟的公路。天山的路是难

走的。公路有些段落很窄，不仅窄，而且大都是急转弯，汽车必须不断地按喇叭，以便对面来的车找一个比较宽的地方等着，让这辆车过去了再走。

路的旁边，上下都是陡直的崖壁，在灌木丛的掩盖下的深渊，不断地传来山涧的流水声，那正是水獭出没的场所。

想当年筑路的人们该多么艰难。公路经过的几个地方，山夹口的平坦的处所，可以看见留着纪念碑，那就是埋下筑路时死了的人的坟墓。让我们过路的人采上一束野花向他们致敬吧。

在这条公路上还可以看见牧民从这个草场搬到另一个草场，他们只要两匹骆驼就把帐篷和家具，全家男女老少都搬走了。他们走山路就像在平地上一样的安详。听说这条公路如今已加宽了。

我也常常跟随热心于边疆建设的人们进入天山。天山里面有煤矿、铁矿，有石灰窑、水泥厂、陶瓷厂、玻璃厂，有不少的居民点，有的已经形成村镇。

在天山的北坡，覆盖着葱郁的云杉、塔松林。这些树种的生命力特别旺盛，它们常常依靠积雪融化的一点水，让种子发芽，把根扎入岩缝，紧紧地攀住岩石，把枝干直直地指向高空生长，既茂密又整齐，蔓延几十公里，形成苍茫的林海。

我曾经到煤矿的路上看见无比巨大的红色的岩层，远远看去像古代的城堡，比什么建筑都更雄伟。我们的画家和建筑师可以从中得到启示。

天山里面的著名的紫泥泉种羊场，是培育细毛羊的基地，那儿有百年以上的榆树林构成幽美的风景。树林里有蘑菇。这一地区的土壤肥沃，土豆特别大——有的一个一公斤多重。吃起来又甜又面。种羊场的主人很热情，我们曾经吃到非常丰美的晚餐。

天山里面，在石灰窑不远的地方发现有温泉。军垦农场的一个师政委曾和我谈起，他想在温泉边盖一个疗养院，让军垦战士有休假的地方。但他却在没有实现计划之前已被调到另外的省去工作了。

你要在天山南麓，在孔雀河畔的库尔勒，能吃到世界上最好的梨。它们的个子不大，但水分充足，用不到削皮吃，核特别小，这种梨具有香、甜、脆三种长处。

我从乌鲁木齐到奇台，公路沿天山北麓向东伸延，天山像无比长的壁垒横列在南面，雪线是平直的，雪线以上群峰矗立，而五千多米高的博格多峰像银色的古寨在闪光，构成了出于神笔的画卷。

天山是新疆中部众河的母亲。

从天山群峰化雪的水流经峡谷，或是拦成大大小小的水库，或是砌起长达几百公里的水渠，灌溉农田，构成成百个商品粮的基地，种植棉花和各种经济作物和瓜果，满足人们生活的需要。

新疆的哈密瓜自然是闻名中外，其实新疆的西瓜（小籽西瓜）也是最好的品种。

后来的岁月，从一九六八年夏天开始，我是在军垦农场的一个连队里度过的。那个连队离天山很远。但我无论在哪儿，只要是晴天，我都要朝南方寻找它的影子。有时它混在白色的云团一起，几乎分辨不出哪是云，哪是它的雪峰。而在万里无云的日子，它就像浮在空气里似的，向我露出和善的微笑。

使我感到遗憾的是：东面没有到吐鲁番盆地，那是产无核葡萄和长绒棉的地方；西面我没有到伊犁地区，听说路上可以经过果子沟，是七十华里长的一片野果林。我也没有到过天池。

感谢新疆人民出版社的《天山》提供了二百幅彩色摄影，对天山作了比较全面的介绍，热情地歌颂了祖国的大好河山，对有心作西北之游的人们是一个详尽的介绍。希望画家们为如此壮丽的景色多留下些笔墨，以丰富我国艺术的宝库。